KB059171

책 먹는 여자

책 먹는 여자

초판 1쇄 인쇄 _ 2018년 9월 5일
초판 1쇄 발행 _ 2018년 9월 15일

지은이 _ 최서연

펴낸곳 _ 바이북스
펴낸이 _ 윤옥초
책임편집 _ 김태윤
책임디자인 _ 이민영

ISBN _ 979-11-5877-061-7 03810

등록 _ 2005. 7. 12 | 제 313-2005-000148호

서울시 영등포구 선유로49길 23 아이에스비즈타워2차 1005호
편집 02)333-0812 | 마케팅 02)333-9918 | 팩스 02)333-9960
이메일 postmaster@bybooks.co.kr
홈페이지 www.bybooks.co.kr

책값은 뒤표지에 있습니다.

책으로 아름다운 세상을 만듭니다. — 바이북스

읽고 쓰는 삶을 향한 예찬

책 먹는 여자

최서연 지음

바이북스
ByBooks

🍴

시식에 앞서 숟가락을 들다

사진 찍기를 배우러 일주일에 한 번 관악도서관에 들른다. 입구에 들어서면 '책은 밥이다'라는 배너를 접하게 된다. 엉뚱하지만, 어쩐지 맞는 말 같아 고개를 끄덕인다.

"책은 왜 밥이지? 마음의 양식이니까? 하루에 한 번이라도 읽지 않으면 입안에 가시가 돋으니까?"

아이가 태어나 엄마 젖을 떼면 이유식을 먹는다. 아니 먹인다. 자극적인 맛에 약한 아이를 위해 엄마는 좋은 재료를 구해 다지고 갈아 이유식을 만든다. 귀찮다고 씹지도 못하는 아이에게 삼겹살을 구워주지 않는다. 매운 김치는 물에 헹궈 먹이다가, 아이가 자랄수록 양념 묻은 김치도 슬쩍 먹여본다. 젓가락질을 할 수 있을 때쯤은 가족 모두 같은 반찬으로 식사도 가능하다.

눈에 보이는 양식을 채워가는 동안 정신을 위한 영양분은 놓치기에 십상이다. 책 읽기도 이유식처럼 시작하면 된다. 엄마와 같은 페이스메이커가 있으면 좋겠지만, 혼자서도 죽, 밥, 파스타, 김치찌개를 만들어 다양한 맛을 볼 수 있다.

유명한 맛집이라고 찾아가면 결과는 반반이다. 진짜 맛집이거나, 과대 홍보에 속았거나 둘 중 하나다. 어쨌든 식당 문을 열고 들어가서 먹어봐야 안다. 책도 미리 판단하지 말고, 읽어봐야 알 일이다. 입맛이 다르듯, 읽고 보고 느끼는 바도 독자의 상황에 따라 다르기 때문이다.

미국, 유럽, 동남아, 한국 사람 모두 삼시 세끼를 먹는다. 아침, 점심, 저녁이라 부르는 단어는 다르지만, 끼니 때마다 소화 기관에 음식물을 채워 넣는다. 배낭여행 중 민박에 머물 때는 아침에 든든한 한식으로 하루를 시작했다. 게스트하우스에서는 샌드위치와 커피로 아침을 맞았다. 입맛이 없는 날은 캐리어 깊숙이 아껴놓은 라면 하나로 속을 달랬다.

나라마다, 장소마다 먹는 음식은 다르다. 책 읽기도 마찬가지다. 남들이 읽고, 유명한 누군가가 추천한다는 베스트셀러를 꾸역꾸역 읽는 것은 밀라노 호텔에서 청국장을 먹는 격이다.

시작 단계에서는 즐거움이 최고다. 관심 분야의 잡지를 읽는 것부터 시작해도 충분하다. 그러다 보면 전문서적도 슬쩍 보게 된다. 남들 눈높이가 아닌 나에게 필요한 수준부터 시작하면 된다. 낄낄대며 만화도 보고, 손수건 준비해서 소설도 보

자. 공자 가라사대 《논어》도 읽고, 광선 검을 휘날리며 무협지도 읽자.

5년간 다니던 병원을 그만두고 서울로 올라와 자리를 잡느라 정신없이 살았다. 나이는 잊지도 않고 꼬박꼬박 먹었다. 성격은 날이 갈수록 억척스럽게 변했다. 삶에 대한 강한 의욕이 불탔고 목표 지향적이긴 했지만, 가슴 한구석이 떡 먹다 체한 것처럼 답답했다.

오십 대 중반에 남편을 하늘로 보낸 엄마는 딸들을 포기하지 않았다. 당신처럼 살게 하고 싶지 않다며 보란 듯이 딸 다섯을 모두 대학교에 보냈다. 자신의 허리가 굽도록, 온 팔이 다리미에 데어 상처투성이가 될 때까지 우리들을 뒷바라지했다.

궁금했다. 지금보다 얼마나 더 열심히 살고, 돈을 얼마나 쌓아놔야 행복해질 수 있을까. 삶이란 대체 무엇일까. 내가 세상에 태어난 이유는 무엇일까. 머릿속에 회오리가 일었다. 엄마의 등골을 빼먹으며 30년 넘게 살았다. 그저 그렇게, 하루살이 인생이 될 수도 있겠다는 생각에 아찔했다.

추위를 피해 우연히 들어간 강남 중고서점에서 '그'를 만났다. 피곤해 지친 듯 쓰러져 있었다. 아무도 눈길 주지 않는 구석에 숨어있는 '그'가 나를 끌어당겼다. 몇 년 전 라디오에서 홍보했던 기억도 나고 제목도 특이해서 알고 있던 책,《꿈꾸는 다락방》이었다.

생생하게 꿈꾸라는 말을 그때 처음 접했다. 신선한 충격이 었다. 2014년,《꿈꾸는 다락방》을 시작으로 꼬리에 꼬리를 무는 독서를 이어갔다.

집중 독서를 한 지 4년이다. 수백 권의 책을 읽었다. 읽기만 했다.《꿈꾸는 다락방》의 첫 감동은 사라지고, 그저 책만 주구 장창 읽어 버렸다. 먹기만 하고 배출을 못 했다. 만성 변비와도 같았다. 안 먹을 수는 없으나, 먹으면 속이 불편했다.

'이렇게 많이 읽었는데 왜 예전과 별반 차이가 없지? 어디서 잘못된 걸까?'

《책 먹는 여자》는 이 질문에서 비롯되었다. 어떤 책을 읽어 야 하는지, 어떻게 읽어야 하는지, 왜 읽어야 하는지, 책을 읽 은 후에는 어떻게 살아야 하는지 나에게 물었다. 고민 끝에 책 을 읽어도 변하지 않은 이유를 몇 가지 추려봤다.

1. 눈으로만 읽었다. 읽고 깨달은 것을 삶에 적용하지 못했다. 글자만 읽고서 독서라고 떠들었다. 300페이지에 달하는 내

용을 모두 내 것으로 만들 수는 없다. 한 가지만이라도 삶에 녹여내는 연습을 하고, 나의 것으로 만들어야 한다.

2. 독서 후 기록을 남기지 않았다. 기록이란, 책을 읽게 된 배경, 내 마음을 울린 구절, 작가의 의도, 나만의 언어로 한 줄 요약하기, 서평 등을 남기는 것이다. 요즘 나는 책을 읽고 나면 유튜브에 '독서 감상 비디오'를 올린다. 기록을 남기기 위해 블로그에 간단하게 서평도 올린다. 이렇게 하면 책 한 권을 읽고, 독서 감상 영상을 찍고, 블로그에 기록하며 재독하는 효과를 누린다.

3. 독서 습관이 자리 잡히지 않았다면 소설책이든 만화든 일단 종이책을 손에 쥐고 읽는 재미를 찾아보자. 독서 근력이 붙기 시작하면 그때부터 선택적 독서를 해도 늦지 않다.

금요일엔 분식이 먹고 싶고, 비 오는 날엔 순댓국이 생각나듯 책도 마찬가지다. 시간 관리가 안 될 때는 서점으로 달려가 《아침 30분》 책을 씹어 먹었고, 경제생활의 무의식을 알고 싶어 《백만장자 시크릿》을 삼켰다. 모든 건 절실하게 필요할 때 효과가 나타나는 법이다.

얼마 전 강연을 갔다가 '컬러 배스 효과(color bath effect)'에 대해 알게 되었다. '색을 입힌다'는 의미로 한 가지 색깔에 집중하면 해당 색을 가진 사물들이 눈에 띄는 현상을 말한다. 일주일 전부터 빨간 구두가 사고 싶으면, 길거리에 지나가는 빨간 구두 신은 여자들만 눈에 보이는 거다.

책도 똑같다. 해결해야 할 문제를 가지고 읽다 보면 책이 말을 건다. 예전에 나였다면 이런 말도 안 되는 소리를 입 밖으로도 꺼내지 못했다. 책이 말을 건다고? 말 같지도 않았다. 이제 자신 있게 말할 수 있고, 그 결과물이 《책 먹는 여자》라고 말해도 좋겠다. 그냥 읽는 거는 우리 많이 하지 않았는가.

오성급 호텔 뷔페에는 오만가지 음식들이 준비되어 있다. 서로 자기를 먹어달라고 맛있게 치장하고 우리의 손길을 기다린다. 그곳에 있는 모든 음식을 다 먹을 수는 없다. 오성급 호텔에 간만큼, 거기서만 맛볼 수 있는 최고급 음식만 먹을 것이다. 셰프가 "선생님, 오늘은 최고급 시금치, 햄, 달걀로 만든 김밥을 추천해 드립니다"라고 해도 나는 랍스터의 집게발을 망치로 깨 먹을 테다. 볼거리, 읽을거리가 넘쳐나는 이 세상에서 나한테 필요한 한 권을 선택할 힘을 길러보자.

서평을 쓰고, 독서 감상 비디오를 찍는다. 독서 모임에서 한 권의 책으로 여러 사람과 토론을 한다. 책 한 권을 읽고 일이나 일상생활에서 무엇을 적용할 것인지 찾아내고 실천하려 한다.

우리나라 독서량에 대한 통계치는 암울하지만, 장밋빛이다. 일단 내가 변했기 때문이다. 나라는 사람이 독서로 변했고, 독서의 중요성을 알게 되었다. 나비의 날갯짓처럼 내가 변하면 주변도 변한다.

나는 받기만 원하던 사람이다. 왜 사람들이 나를 몰라주는지, 도와주지 않는지 속상해하며 외부에서 불평불만의 원인을 찾기 바빴다. 독서를 통해 중심을 굳건히 할 수 있게 되었다. 사람들은 좋은 것은 나누고 공유하고 싶어 한다. 삶이 독서로 풍부해지고 에너지가 넘쳐날수록 누군가와 나누고 싶어 심장이 간질거린다. 가만히 있질 못한다. 남들은 가만히 좀 있으라고 하는데, 좋은 걸 어떡하느냐 말이다. 현재는 읽고 쓰는 공간 카페 매니저, 보험설계사 독서 모임 '보화', 간호사 독서 모임 '케미', 일반인 독서 모임 '책 먹는 나비'를 통해 나누는 삶을 실천 중이다.

책을 읽기만 하는 단계에서 리뷰를 쓰고, 다른 사람들과 토

론하는 과정을 거치다 보면 의식이 확장됨을 느낀다. 서평 쓰기의 기준은 없다. 1권의 책을 읽어도 10명이 모두 다른 의견이기 때문이다. 그저 내 언어로 진실하게 표현하면 된다.

책을 읽고 서평을 써보자. 책을 읽고 삶에 하나라도 적용해보자. 배출이 잘 돼야 안색도 좋아지고 피부 트러블도 안 생기고 입맛도 좋아진다. 하루 세끼 밥 먹듯, 책을 읽는 건 당연하다. 책은 밥이다.

삼시세끼 밥 먹듯 책 먹는 여자

또
먹고
싶은
맛

책 읽기, 너를 읽다

독서란 자기의 머리가
남의 머리로 생각하는 일이다.

쇼펜하우어

독서는 '책을 그 내용과 뜻을 헤아리거나 이해하면서 읽는 것'이라 한다. "취미가 뭐예요?"라는 대답에 1초의 망설임도 없이 앵무새처럼 내뱉는다.

"독서요."

이력서의 취미 칸에 10명 중 9명이 독서라고 적는다. 아예 이력서에 '취미＝독서'라고 프린트되면 편하겠다.

남 이야기하듯 말하지만, 나도 그랬다. 회사를 옮겨 다닐 때 취미는 독서라 쓰고, 읽지 않았다. 면접관 누구도 어떤 책을 읽었는지 물어보지 않았다. 그때 한 명이라도 물어봐 줬더라면, 독서 인생이 좀 더 앞당겨지지 않았을까?

책을 읽지 않았던 건 아니다. 남들이 베스트셀러라고 하면 아무 생각 없이 글자만 읽었다. 간호사 시절에는 직장인 친구들과 시간이 맞지 않아 딱히 할 일이 없을 때 에쿠니 가오리의 《냉정과 열정 사이》, 《반짝반짝 빛나는》 등 일본 소설책을 즐겨 봤다. 마음으로 읽지 않고, 눈으로 봤다.

책을 읽으면서 사색할 줄을 몰랐다. 책의 마지막 장을 덮으며 "작가가 글 좀 쓰네, 재미있네"라는 말이 내가 표현할 수 있는 최선이었다. 책을 통해 작가와 소통할 수 있다는 것도 몰랐다. 책 한 권 읽은 여자가 됐다는 사실로 흡족했다. 책 사는 데 돈을 쓰고, 어쨌든 한 권을 읽었으니 문화인이 되었다고 착각했다.

책이 주는 가치를 안 지는 4년 정도밖에 되지 않았다. 오늘 책을 읽는 이유는 간단하다. 숨 쉬기를 위해 책을 펼친다. 살기 위해 읽는다. 성장하기 위해 읽는다. 답을 찾기 위해 읽는다. 그야말로 본능 독서이다. 인간의 기본적 욕구 중 하나는 먹고 자는 거다. 덧붙여 독서라고 말하고 싶다.

내가 책을 읽는 이유다. 경험해보지 못한 것에 대한 대리만족과 즐거움을 얻을 수 있다. 모르는 것을 알게 되는 배움이 있다. 내 생각과 일치하는 작가의 문구에서 즐거움도 느낄 수 있다. 마지막으로 지적 호기심을 충족해 주는 저비용 고효율이라 부를 정도로 최고의 도구라는 점이다.

독서로 제2의 삶을 살고 있다. 직장동료와 말썽이라도 있는 날이면, 일단 술 먹을 사람을 찾아 헤맸다. 트러블메이커를 안주 삼아 잘근잘근 씹으며 술을 진탕 마셨다. 나에게 남는 건? 구겨진 카드 영수증과 속쓰림, 두통, 해결되지 않는 문제 덩어리뿐이었다.

긍정적인 해결 방안을 찾기 위해 직장 선배에게 상담 요청도 해봤다. 선배의 충고는 고마우나, 실질적인 도움은 되지 않았다. 앞에서는 "네, 네"라고 대답만 했다. 뭐가 문제일까? 답은 내 안에 있는 것인데 외부에서 찾으려 했기 때문이다.

"아, 괜히 만나자고 했네. 자기 이야기만 하고 내 이야기는 들어주지도 않잖아."

혼란스러웠다. 내 정신 상태가 건강하면 대화는 원활해진다. 한쪽이 기울면 대화가 아닌 충고, 지시가 되어 반감마저 일어난다.

독서의 경우는 어떠한가? 우선 내가 선택할 수 있다. 만나자고 조를 필요도 없다. 손만 뻗으면 된다. 충분히 지급할 능력이 있으면 사도 되고, 동네 도서관에서 편하게 빌려도 된다. 책과 만나는 순간 서로 말하지는 않지만 교감할 수 있다. 놓쳤던 부분들을 알게 되면 책을 잠시 무릎 위에 올려 놓고 명상(명상 아님)을 한다. 또는 신생아를 안듯 가슴팍에 꼭 껴안고 몇 분이나 되새김질한다. 귀로 듣는 말은 흘려 버리기 일쑤이다. 마음에 박힌 한 마디를 붙잡고 씨름을 하다 보면, 해결의 실마리가 보인다.

즐기는 독서와 목적이 있는 독서는 다른 것이다. 예전에는 안 읽는 것보다 나으니까 '그냥 한번 읽어보지'라며 시간 때우기용으로 책을 읽었다. 독서의 양이 쌓여 갈수록 의식 성장을 위해 허투루 책을 읽지 않았다. 즐기는 독서가 나쁘다는 것이 아니다. 독서를 권하면 후배들은 말한다.

"읽고는 싶은데 뭐부터 읽어야 할지 모르겠어요."

독서를 안 하겠다는 사람은 없다. 다만 방법을 모를 뿐이다.

"네가 읽고 싶은 것부터 읽으면 돼, 관심 있는 게 뭐야?"

책 읽기를 권하면, 있어 보이고 어려운 책을 읽어야 한다는 프레임에 갇힌 분들을 종종 만난다. 일단 시작해야 하며, 그 출발은 재미있어야 한다.

내가 즐겨 마시는 대동강 페일에일을 만든 더부스의 모토는 'Follow your fun'이다. 럭키가이 노홍철은 라디오 끝인사로 여전히 "여러분 하고 싶은 거, 하고 싶은 거 하세요"라고 외친다. 인생에서 '재미'라는 요소는 양념이 아니라 필수라고 생각한다. 신이 선물한 한 번의 인생을 무겁고 진지하게 사는 것도, 장밋빛 미래를 위해 무채색의 오늘을 사는 것도 원치 않는다. 오늘 일과 중에 이벤트라 여길 것을 하나 추려놓고, 하루가 끝날 무렵 나만의 축제 인생이 오늘도 잘 마무리됐음에 자축해보면 어떨까. 재미에 대한 개똥철학을 잠시 배출하고 다시 독서 이야기를 해보자.

후배가 다시 묻는다.

"알겠어요. 제 관심사는 습관이에요. 건강을 위해 헬스장도 끊어놨는데 못 다니고 있어요. 아침 일찍 일어나야지 마음먹었는데, 저녁 늦게까지 휴대폰을 만지작거리느라 늦잠을 자거든요. 그러면 어떤 책을 읽어야 하죠?"

우선 서점으로 가자. 서점 안을 슬슬 돌아다니면서 읽고 싶은 책 한 권 고르기는 것은 어려운 일이 아니다. 또는 휴대폰 앱을 통해 '습관' 키워드를 검색한다. 엄청난 결과물 중 두세 권을 고른 후 직접 목차나 책 구성을 보며 마음에 드는 한 권을 선택하는 방법도 있다.

드디어 책을 한 권 읽었다면 다음번에는 어떤 책을 읽어야 하는지에 대한 대답은 숨 쉬기보다 쉽다. 책이 알려준다. 책에서 저자가 추천한 책, 인용한 책들만 해도 열 권 이상은 나온다. 휴대폰 메모장에 추천 책을 기록해 놓고 서점에 갈 때마다 눈으로 확인하며 또 한 권을 가져오면 된다.

즉, 책이 책을 부른다. 어떤 책을 읽을지 무엇을 봐야 할지, 어떻게 시작해야 할지 고민할 필요가 없다. 많은 독서법 책이 다독, 속독, 정독을 다루지만, 이 또한 책을 읽다 보면 감이 온다. 누가 소설책을 속독으로 읽고, 잡지를 정독하겠는가. 독서법을 100% 알고 책을 읽는 것이 아니라, 독서를 하면서 하나씩 나의 독서법을 만들어가면 된다.

후배가 따진다.

"선배, 선배가 읽으란 대로 책을 봤는데, 별로 변화된 게 없는 것 같은데요?"

첫 번째는 '양질전환의 법칙'으로 이야기해 보자.

블로그 운영 십 년 차인 나는 매일 포스팅을 하고 있다. 일 년 전 썼던 글을 보면 삭제하고 싶을 만큼 부끄럽다. 사진 배치도 눈에 거슬리고, 키워드도 제대로 잡지 못했으며 제목도 매력적이지 않다. '왜 이렇게 썼지? 내가 쓴 글 맞아?' 의심하기까지 한다. 일 년 동안 평균 하루 2건씩, 365일 동안 730건을 썼다. 백세 인생에서 일 년이란 시간은 고작 1%다. 읽고 쓰기만 해도 성장의 과정을 스스로 지켜볼 수 있다. 양질전환의 법칙은 복리처럼 시간의 힘이 중요하다. 첫 술에 배부를 생각하지 말고, 시간과 동행하며 양부터 늘리자. 그러면 질적인 변화는 내 눈앞에 나타난다.

두 번째는 절실하게 읽었는지 묻고 싶다.

그저 작가가 글을 잘 쓰는지 확인하기 위해 읽지는 않았는가. 남들이 읽는다고 하니, 뒤처지기 싫어서 읽는 척만 하지는 않았는가. 작가가 왜 글을 썼는지 질문하고 생각하며 읽었는가. 작가가 나한테 하고 싶은 말을 찾는 과정은 보물찾기 놀이처럼 설렌다.

나도 첫 책《행복을 퍼주는 여자》를 쓰기 전에는 저자 입장에서 생각하거나 대화하듯 읽으라는 말이 도대체가 이해되지 않았다. 이따위 글은 나도 쓰겠다고 내던진 책도 있다. 도통 무슨 말을 하는 건지 모르겠다며 세상 몹쓸 책이라고 중고서점에 팔아먹은 적도 있다. 작가의 의도를 알아보려는 노력이 없었다.

세상에 나쁜 책은 없다고 생각한다. 책은 독자와 작가가 함께 만드는 것인데, 그것을 받아들이는 독자의 마음 밭에 따라 차이만 있을 뿐이다. 이제 나는 어떤 책을 읽어도 좋은 점 하나는 찾아내려고 한다. 글쓴이의 노고와 땀방울, 시간, 인생을 존중하기 때문이다.

당신은 책을 통해 지식과 의식 성장 중 무엇을 얻고 싶은가. '지식'은 포털 창에 손가락 몇 번 두드리면 쉽게 얻을 수 있다. '의식'은 독서를 통해 변한다. 두통이 심하면 타이레놀을 먹는다. 타이레놀을 먹으면 두통이 사라질 것을 알기 때문이다. 몸이 아프면 약국에 가듯, 삶이 불편하면 서점이나 도서관에서 책 한 권을 맛있게 먹어보는 건 어떨까?

책 먹는 여자의 독서 레시피

1. 가방에 무조건 책 한 권을 넣고 다니자.

   출퇴근 시간 지하철에서 10~20분 읽는 독서가 맛깔스럽다.

2. 손에 닿을 거리에 책을 놓아 두자.

   자기 전에 읽을 책은 침대 위에, 평상시 읽을 책은 가방에, 블로
   그 리뷰 써야 할 책은 책상 위에 둔다. 낚시의 손맛을 책에서도
   느껴 보자.

3. 독서 모임에 참석한다.

   책 읽기가 도통 습관이 들지 않는다면, 독서 모임을 다녀 보길
   추천한다. 강제성이 습관을 들이는 데 도움이 된다. 독서 모임
   은 세상맛이다.

4. 시간 장소 불문하고 읽자.

   지하철 기다리는 시간, 대중교통을 타고 멍하게 있는 시간, 가십
   거리 검색에 손목 시리도록 휴대폰을 붙잡고 있는 시간, 누군가
   를 기다리는 카페에서, 짬 내어 읽어보자. 꿀맛이다. 그 사람이
   늦게 오기를 바란 적도 있다. 단시간 집중력 100배 상승한다.

5. 무엇이든 읽자.

맛집 블로거를 하며 음식 맛을 잘 표현하고 싶은데 방법이 없었다. 고민거리를 해결해 줄 수 있는 일본 만화《심야식당》을 빌려 봤다. 만화든 소설이든, 목적을 가지고 읽는다면 성장 독서를 하는 것이다. 독서는 살맛 나는 인생을 선물한다.

6. 리뷰를 쓴다.

책을 읽으라고 해놓고 리뷰까지 쓰라고 하니, 배신감이 들 수도 있다. 이해한다. 읽다 보면 배출하고 싶다. 이해하며 읽었다면, 행동으로 보여줘야 한다. 나만의 언어로 표현해봐야 한다. 그저 읽고 마는 것은 아무런 도움이 되지 않는다. 읽고 나서 내 삶의 변화가 있어야 하며, 그 방법의 하나가 리뷰를 써보는 것이다. 나만의 생각을 섞어 리뷰를 쓰다 보면 책 맛이 달라진다. 나의 경우 약 10분 정도의 독서 감상 비디오를 찍어 유튜브에 올리고 있으며, 블로그 리뷰도 쓰고 있다.

7. 메모한다.

책을 읽다 보면 어쩜 이렇게 날 울리는 구절이 많은 걸까. 다 기억할 것 같지만, 하루만 지나도 '아. 그거 뭐였더라. 좋은 내용이 있었는데. 몇 페이지더라. 무슨 책이더라' 머릿속이 하얘진다. 인간은 망각의 동물이라더니, 인체 실험 성공이다. 독서 노트를 따로 만들어 보기도 했는데, 이동 중에 책을 읽는 경우 노트를 꺼내기가 쉽지 않았다. 따로 시간을 내어 정리하는 것도 하루 이틀뿐이다. 지금은 책 앞표지 공백을 활용해서 마음에 두는 구절을 적고 페이지를 표시해 놓는다. 뒷맛 좋게 하는 메모도 추천한다.

8. 책을 괴롭힌다.

갖가지 형광펜과 색연필, 볼펜으로 사정없이 밑줄을 긋는다. 재독할 때 처음부터 끝까지 보지 않더라도 표시된 중요 부위만 봐도 도움이 된다. 밑줄을 그은 구절 중에 꼭 봐야 할 페이지는 귀를 한번 접는다. 다 못 봐도 이건 무조건 봐야 할 페이지는 귀를 두 번 접는다. 독서의 감칠맛은 볼펜에서 시작된다.

9. 책을 사랑한다.

아직 읽지 않는 책들이 꽂혀 있는 책장 앞에 서면 설렌다. 무슨 말을 할지 궁금해진다. 내 마음이 열려야 책도 말을 건다. '나 힘든데, 어떻게 하면 될까?' 술 먹고 이야기하지 않아도 책은 다 안다. 밥맛없는 친구는 있어도, 책은 아니다.

10. 백화점이 아닌 서점 쇼핑을 하자.

나는 된장녀이다. 스트레스를 받아 집에 걸어갈 힘조차 없을 때

집 근처 중고서점으로 간다. 날 위해 지르러 간다. 명품 가방도 아니고, 유명한 디자이너의 옷도 아니다. 나도 여자다. 옷, 가방, 화장품, 신발의 구매가 주는 쾌감을 알고 있다. 쾌감은 그 순간이다. 오래 가지 않는다. 소유의 기쁨은 그뿐이다. 책의 구매는 소유와 가치, 경험을 전부 나눌 수 있다. 돈 맛은 명품 쇼핑이 아닌 책으로 느껴 보자.

글쓰기, 나를 쓰다

열 중 아홉의 여자는 감정을 받아들이기보다는
표현하는 것을 더 좋아한다.

제인 오스틴

오늘은 빨래하는 날이다. 일주일 동안 빨래통에서 퀴퀴한 냄새를 풍기던 수건, 속옷, 옷을 세탁기에 몰아넣는다. 콘센트를 꽂고 전원을 확인한다. 세탁, 헹굼, 탈수까지 시간을 맞추고 시작을 누른다.

빨래를 널기 전까지 주어진 자유시간은 60분이다. 어떻게 보낼까 생각할 즈음, 세탁기가 역정을 낸다. 빨간 불을 거들먹거리며, 협박한다. 지난주 빨래가 끝난 후 착실하게 막아놓은 수도꼭지를 틀지 않은 것이다. 답답하게 막혀 있던 수도꼭지를 오른쪽으로 비트는 순간, 쏴~쏴~촬촬~ 세탁기에 물 흘러가는 소리가 시원하게 들린다. 세탁에 있어 필수요소는 물이다. 실은 물이 흘러나오는 수도꼭지가 없으면 더 곤란하다.

도대체 '수도꼭지'와 '글쓰기'는 무슨 상관이 있을까? 수도 꼭지를 틀어야 물이 나온다. 그래야 빨래를 할 수 있다. 글쓰기 도 마찬가지이다. 글을 써서 안에 고여 있던 감정을 쏟아내야 한다. 생각은 짓누를수록 반작용 때문에 삶을 고단하게 한다. 슬픔, 분노는 표현하고 밖으로 흘러가게 내버려둬야 한다.

사람은 누구나 하고 싶은 말이 있다. 감정 표출 여부에 따 라 달라질 뿐이지 가슴속에 품고 다니는 나만의 말이 있다. 아 쉽게도 우리는 입 밖으로 내기도 전에 남들이 나를 어떻게 볼 지 걱정한다.

내가 이 말을 한다고 저 사람이 반대 의견을 내면 어떻게 하지?

내가 글을 쓴다고 이야기하면 사람들이 '네가 무슨 글이 야?'라고 놀리지 않을까?

이것도 글이냐고 비웃지 않을까? 글을 잘 쓰겠다는 욕심도 시작조차 못 하게 하는 원인 중 하나이다.

당장 먹고 살기도 빠듯한데 무슨 글 타령이냐고, 배부른 소 리 한다고 역정 내는 소리가 사방에서 들린다. 맞다! 당장 밥 먹고 살기 빠듯하니까 글을 써야 한다. 나도 마찬가지다.

오늘의 삶에서 글쓰기는 목마름을 해결해 주는 물이자, 음 식의 맛을 더해 주는 소금이다. 글쓰기 전에는 어떻게 살았나 싶을 정도이다. 글쓰기를 통해 나를 대면하는 순간, 감정 덩어리를 쏟아내는 날이 많을수록 내 미래가 궁금해진다. 두려움이 아닌 행복감으로 맞이하게 될 모습을 떠올려 본다.

글쓰기 책들은 공통으로 이야기한다. 잘 쓰려 하지 말고, 남 눈치 보지 말고 확신 있게 내 이야기를 적으라고 조언한다.

2017년 7월 강원국 작가의 강연을 다녀왔다. 가기 전《대통령의 글쓰기》를 읽었다. 글쓰기의 교본이라 부르고 싶었다. 페이지를 넘길 때마다 하도 무릎을 쳐서 연골이 나갈 뻔했다.

강의 또한 가뭄의 단비 같았다. 하루 세 번 밥 먹듯 영혼을 위해 매일 글을 써 보라고 권했다. 내 생각을 믿고, 내 안에 쓸 거리가 많다는 것을 믿어 보라고 응원했다. 쓰지 않는다면 평생 내가 누구인지 모르고 산다고도 훈계했다. 4차 산업혁명 시대에는 내 글을 쓰고 내 말을 하는 사람이 필요하다고 글쓰기를 격려했다.

강원국 작가의 강의가 끝나고 우연히 엘리베이터를 같이 타게 됐다. 터질 것 같은 심장을 부여잡고 부들부들 떨리는 입을 열었다. 하늘이 주신 기회다.

"작가님 안녕하세요. 오늘 강의 정말 잘 들었습니다. 작가님은 살면서 할까 말까 고민하다가 못했던 것에 대해 후회하신 적이 있나요? 제가 지금 그렇거든요. 지금 말씀 안 드리면 후회할 것 같아서요."

좁은 엘리베이터 안에 긴장감이 가득하다. 나는 엘리베이

《대통령의 글쓰기》의
강원국 작가와 함께

터 좌측 코너, 강원국 작가는 우측 코너에 바짝 붙어 서로를 쳐다본다.

"그럼 안 되죠. 무슨 말씀인지 해 보세요."

"제가 서평 카페 매니저인데요. 왜 서평을 써야 하는지 작가님께 인터뷰 부탁드리고 싶어요. 한 3분 정도만 간단하게 동영상 촬영 가능할까요?"

당황하신 눈치였지만, 감사하게도 흔쾌히 동의해 주셨다. 우리는 강남 파고다빌딩 1층에서 손바닥만 한 삼각대와 휴대폰으로 동영상을 촬영했다.

"작가님. 왜 책을 읽고 서평을 써야 할까요?"

"내가 읽은 책에 대해 내뱉고, 내 말과 글로 다시 해봐야지 내 것이 됩니다. 글을 쓰려면 독서도 해야 하죠. 그런 과정이 우쭐함도 줍니다."

강원국 작가는 《대통령의 글쓰기》에서도 쉽게, 짧은 문장으로, 중복하지 말고, 용기를 내서, 유머 있게 글을 쓰라고 제안한다. 무엇보다 중요한 것은 지금 당장 한 줄이라도 내 생각을 적는 것이라고 했다.

이번에는 책 먹는 여자가 책을 먹고 실행하는 부분을 나눌 차례다.

독서 감상 비디오 촬영

말과 글은 하나라고 한다. 말에서 글이 나왔기 때문이다. 나는 발음이 부정확하다는 외부적인 요인 말고도, 사람들 앞에만 서면 얼음공주가 된다. 안 되겠다 싶어 스피치 연습을 위해 동영상 촬영을 시작했다. 책을 읽고 약 10분 정도 책 소개, 작가 소개, 내 느낌, 책 속에 맘에 드는 구절, 책을 통해 실천해 보고 싶은 것을 이야기한다. 반복 재생하면서 내가 무슨 말을 하고, 어떻게 표현했는지 모니터링 한다. (유튜브 '책 먹는여자'로 검색하면 제 영상을 보실 수 있어요)

서평(책 리뷰)

잘 쓰려고 하지 않는다. 남 눈치 보지 않는다. 쓰고 싶은 대로 쓴다. 내 느낌이 그렇다는데, 누가 뭐래? 책에서 마음에 들었던 두세 구절을 찾아내어 내 것으로 만드는 첫걸음이 바로 서평이다.

영화 리뷰

두 번째 책을 쓰고 싶었다. 무엇을 쓸지 고심하면서도 글쓰기 훈련은 해야 했다. 그중 하나가 영화 리뷰를 블로그에 올리는 것이다. 머리 식히고 싶은 날 휴대폰으로 영화 한 편을 본다. 리뷰 쓰기를 작정하고 본다.

차태현이 나오는 코믹 영화를 보면서도 리뷰 쓸거리가 떠오른다. 영화에서 이야기하는 풍자, 아픔을 내 말로 표현해 보고 싶다는 욕구가 일렁인다. 얼마 전 〈노예 12년〉, 〈문라이트〉, 〈레인맨〉, 〈잔 다르크〉, 〈군함도〉를 보고 리뷰를 썼다. 글을 쓰려면, 생각하고 질문하는 일련의 과정이 필요하다. 영화 후기 쓰기를 통해서도 얼마든지 가능한 연습이다.

독서 모임

매달 2번 일반인 독서 모임에 참석한다. 매달 2번 보험 설계사 독서 모임을 운영한다. 다름을 인정하고 한 권의 책을 통해 느낌을 나누는 시간이 소중하고 감사하다.

나는 전업 작가가 아니다. 글쓰기와는 무관한 직업을 가진 사람이다. 책을 통해 돈을 벌겠다고 글쓰기를 시작한 것도 아니다. 단지 머릿속에서 엉킨 실타래들을 풀고 나를 표현하고 싶었다.

내가 쓴 글을 읽고 어떤 이는 정보를 얻고, 희망을 보고, 키득키득 웃고, 당장이라도 서점으로 달려가길 바란다. 글을 써 보라. 이 거짓말 같은 말이 무슨 뜻인지 알게 될 행운을 당신을 위해 준비해 두었다.

힘들면 술 마시고, 수다 떨고, 폭식하고 엿가락처럼 늘어진다. 아는가? 그 후에 남는 공허함은 해결할 방법이 없다. 분출이 아니라, 더 쌓이기만 한다. 내 안의 슬픔, 기쁨, 분노를 느끼고, 글쓰기로 맘껏 표현해 보자. 볼펜 한 자루만 들 수 있는 기력이면 충분히 가능한 일이다.

수도꼭지로 시작한 자, 수도꼭지로 끝내리라. 유치원 때 우리 집은 대인시장에서 옷 장사를 했다. 가게 뒷문으로 나가면 시장 상인들이 여러 세대가 모여 사는 공동주택 2층이 우리 집이었다. 세수하려면 난간도 없는 돌계단의 벽을 붙잡고 1층으로 내려가야 한다. 눈앞에 펌프가 보인다. 펌프 손잡이를 아무리 휘저어도 물이 나오지 않는다. 당황한 어린 내가 우두커니 서 있을 때 엄마가 물 몇 바가지를 펌프 안에 넣고 힘차게 손잡이를 움직인다. 이제야 물이 콸콸 쏟아진다. 성인이 된 지금도 펌프의 마중물 원리는 과학의 신비한 세계이다.

마찬가지다. 우리에게 마중물은 글을 쓰겠다는 의지이며

용기이다. 펌프 손잡이는 펜을 쥐어 들고 한 글자라도 쓰겠다는 행동의 표본이다. 노트북을 켜고 드디어 타이핑하는 순간이다. 내 안의 감정, 경험을 게워내면 더 큰 것이 되어 돌아온다. 이것저것 묻지도 따지지도 말고, 제발 일단 써보자.

 강원국 작가 인터뷰 영상

차차처럼 느리게 추는 삶의 즐거움

삶은 순간들의 연속이다.
한순간 한순간을 사는 것이 성공하는 것이다.

칸트

손가락 하나 까딱하고 싶지 않은 날이 있다. 왠지 쇠창살에 갇힌 죄수처럼 죄책감이 든다. 게으름은 비생산적 행위라고 자책한다. 움직이려 할수록 몸은 땅으로 가라앉고, 정신은 몽롱해진다. 누구보다 열심히 달려 왔는데 도대체 뭐가 잘못된 걸까. 왜 아무것도 하기 싫은 거지? 번 아웃 상태다. 슬럼프이기도 하다.

슬럼프는 '스포츠의 연습 과정에서 어느 기간 동안 연습 효과가 올라가지 않고, 스포츠에 대한 의욕을 상실하여 성적이 저하된 시기'라고 〈체육학대사전〉에 기록되었다. 스포츠와 인생은 닮았다. 둘 다 오르막길과 내리막길의 연속이다. 오르막길에선 앞사람의 발자국을 따라 한 발씩 걸으며, 정상에 서기 위해 애쓴다. 내리막길에선 좌절하지 않고, 조만간 만날 오르막길을 사모하며 준비하는 시기로 삼는다.

슬럼프는 어떻게 극복하는가가 관건이다. 아침부터 저녁까지 숨 쉬는 것조차 잊고 바삐 지내다 보면 어느 순간 나라는 사람은 연기처럼 사라진다. 누가 시킨 일은 하나도 없다. 내가 좋아서 문어발처럼 이 일 저 일 손대 놓고 인제 와서 발뺌할 수는 없는 일이다. 딱 오늘 하루만 쉬자. 쉼 없이 달리면서 놓친 것은 무엇인지 재정비하는 시간을 갖자. 가벼운 발걸음으로 다시 세상을 향해 나아갈 '마음 영양제' 한 대 맞아야겠다.

2011년부터 시작한 취미는 살사이다. 몸으로 하는 유일한 취미다. 살사는 3분 동안 빠른 리듬의 라틴 음악에 맞춰 파트너와 추는 춤이다. 3분의 프리 댄스를 추기 위해 스텝, 턴, 패턴을 배워야 한다. 취미로 살사를 권유 받은 지 2년 만에 화려한 조명과 신나는 음악이 있는 신세계로 입성했다. 춤을 위해 태어난 사람처럼 퇴근 후와 주말도 반납하고 살사 모범생이 되어 춤을 배웠다.

살사의 기본 박자는 퀵퀵슬로우다. 사실은 여덟 박자지만, 원투 박자는 퀵퀵, 쓰리포 박자는 슬로우를 사용한다. 이때 최대한 슬로우를 살려 주는 게 포인트다. 라틴 댄스가 살사만 있는가 하면 그것도 아니다. 차차도 있다.

차차 음악은 끈적하면서도, 애잔한 소울이 있어서 플로어로 나를 끌어당긴다. 차차 리듬은 살사와 반대이다. 원투 박자가 슬로우슬로우이고, 쓰리포 박자가 퀵퀵이다. 파트너와 텐션을 유지하며 적당한 긴장감 속에 즐기는 차차의 매력은 내 몸을 스캔해서 인공지능 컴퓨터가 해석해 주거나, 여러분이 직접 추지 않는 한 설명하기 어렵다.

퀵퀵슬로우 살사와 슬로우슬로우퀵퀵 차차는 삶과 똑같다. 언제나 퀵퀵으로 살 수 없다. 아무리 한국인이라도 빠르게만 외치는 인생은 불난 호떡집처럼 정신없다. 그렇다고 매일을 슬로우로 사는 것도 축 처져 보인다.

퀵과 슬로우의 조화가 이렇게 어렵다. 요새 마음챙김이나 나를 바라보기에 관심이 많다. 물 흘러가듯 상황을 직시하며 어른 공부 중이다. 인생은 오르막길 내리막길의 반복임을 인정하며, 때로는 퀵으로 가끔은 슬로우하게 지금 이 순간을 살아가고 있다.

"너무 빠르지도 않게, 그렇다고 느리지도 않는 삶"

일과 인생의 조화가 필요한 시점에 보양탕 같은 한 권의 책을 만났다. 어니 J. 젤린스키의 《느리게 사는 즐거움》이다. 처음 읽을 때도 슬럼프였는지 3줄의 메모가 눈에 들어온다.

어떤 힘든 상황에서 이 책을 처음 만났는지는 모르겠다.

2016. 4. 12.(화)

하루하루
그냥 보내는 내 하루
왜 이럴까
Wake up

일 년이 지나 콧구멍으로 공기조차 들이마시기 싫을 때 책을 펼치고 일 년 전의 나와 다시 만났다. 같은 사건은 아닐지라도, 일 년을 잘 살아내고 또 다른 삶의 이벤트로 책에서 도움을 구하려는 내가 제법 멋져 보였다.

《느리게 사는 즐거움》은 서두르지 않고 즐겁게 사는 방법, 돈과 행복, 일터, 일상생활 4개의 목차로 구성된다. 3~5줄의 짧은 구절이 나를 후려친다. 글을 길게 쓰는 것보다 짧게 쓰는 게 얼마나 어려운가. 지혜와 연륜의 정수가 느껴지는 구절이 마치 두더지 게임처럼 어디서 '나 잡아봐라' 하며 튀어나올지 모른다. 책에서 말하는 '느리게'라는 단어는 더디거나, 게으르다거나, 느릿느릿하다는 뜻이 아니다. 살사나 차차에서 슬로우 박자에 맘껏 레이디스타일링을 즐기고 무브, 샤인을 하는 것과 마찬가지로 슬로우는 삶을 풍성하게 만들어 준다.

어니 J. 젤린스키 작가는 조언한다.

- 당신과 다른 사람을 비교하지 말 것
- 자신을 있는 그대로 받아들일 것
- 일과 놀이에서 더욱 도전적인 모험을 할 것
- 실망스러운 일에도 화내는 것을 조절할 것

속도를 늦추고, 오직 그 순간을 즐기는 삶을 살아 보라고 말한다. 스티브 잡스가 병상에서 썼던 글이 한동안 SNS에서 화제였다. 누구보다 치열하게, 린치핀으로 살았던 그가 한 말이다. 스티브 잡스가 죽기 전 뒤돌아본 자신의 인생 이야기를 우리는 한 번쯤, 아니 몇 번을 곱씹어 봄직하다. 일부만 발췌해본다.

지금 이 순간에, 병석에 누워 나의 지난 삶을 회상해보면, 내가 그토록 자랑스럽게 여겼던 주위의 갈채와 막대한 부는 임박한 죽음 앞에서 그 빛을 잃었고 그 의미도 다 상실했다.

이제야 깨닫는 것은 평생 배 굶지 않을 정도의 부만 축적되면 더 이상 돈 버는 일과 상관없는 다른 일에 관심을 가져야 한다는 사실이다.
그건 돈 버는 일보다는 더 중요한 뭔가가 되어야 한다.

평생에 내가 벌어들인 재산은 가져 갈 도리가 없다.

내가 가져 갈 수 있는 것이 있다면 오직 사랑으로 점철된 추억뿐이다.

그것이 진정한 부이며 그것은 우리를 따라오고, 동행하며, 우리가 나아갈 힘과 빛을 가져다 줄 것이다.

사랑은 수천 마일 떨어져 있더라도 전할 수 있다.

삶에는 한계가 없다.

가고 싶은 곳이 있으면 가라.

오르고 싶은 높은 곳이 있으면 올라가 보라.

모든 것은 우리가 마음먹기에 달렸고, 우리의 결단 속에 있다.

당신의 삶에 사랑으로 점철된 추억이 겹겹이 쌓이기를 기도한다. 서두르지 말고, 살아 숨 쉬는 지금 행복해지자. 살사 고수는 슬로우를 잘 활용한다. 빠르게 추는 춤은 쉽다. 누구나 출 수 있다. 인생 고수는 느린 박자일수록 맘껏 자신을 뽐낸다. 슬로우는 실패가 아니다.

우린 엄마와 딸

어머니의 눈물에는 과학으로 분석할 수 없는
깊고 귀한 애정이 담겨 있다.

마이클 패러데이

"아가, 바쁘냐?" 엄마의 전화다. 38년생 엄마는 81년생 나를 '아가' 또는 '막둥이'라고 부르신다. 내가 전화할 때는 "엄마, 밥은?"이라고 묻는다. 엄마와 나의 생존을 확인하는 인사법이다.

엄마는 나이가 드실수록 쉽게 상처받고, 눈물짓는 날이 많아졌다. 강철 심장은 세월의 흐름에 따라 쉽게 금가는 유리 심장으로 변했다. 비가 오거나, 추운 날 집에 계시라고 안부 전화를 하면 "전화해 줘서 고맙다"라고 말씀하신다. 통화 마지막에 "우리 막둥이 사랑해"라는 말도 스스럼없이 건네신다.

내가 먼저 엄마에게 사랑한다고 말한 적이 있던가? 나는 무뚝뚝함과 신경질의 옷을 번갈아 입고 노처녀 히스테리를 부린다. 엄마는 말 한 마디에 울고 웃는 감성 충만한 소녀가 되어 간다. '엄마'와 '딸'은 가깝고도 먼 존재인가 보다.

50대 중반에 남편을 떠나보내고 딸 다섯 명을 뒤치다꺼리 해야 했던 노모의 삶을 재조명하고 싶었다. 다른 작가들이 두 대상에 대해 어떤 글을 썼나 궁금했다. 검색해 보니 신달자 작가의 《엄마와 딸》 책표지가 눈에 들어왔다. 흐리멍덩한 눈, 피곤해 보이는 표정, 근육마저 늘어져 보이는 우울함을 가진 여성은 엄마다. 양 갈래로 머리를 딴 똘망똘망한 딸은 무엇인가 이야기하려는 듯 이를 드러내고 있다. 힘들어 보이는 엄마는 무기력해서 입조차 열 수가 없나 보다. 《엄마와 딸》은 신달자 작가의 에세이다. 딸로 70년, 엄마로 45년을 살아온 여자의 이야기다.

《엄마와 딸》
신달자 작가의
에세이

책을 읽는 데 한 달이나 걸렸다. 한두 페이지 읽다가, 딸 신 달자 작가가 엄마한테 너무 못되게 굴어서 펴보기도 싫었다. 그 모습에 내가 투영됐다. 엄마가 물어보는 말에 들릴 듯 말 듯 개미 목소리로 대답한다. 엄마가 다시 물어보면 "왜 또 물어?" 라며 짜증 내서 엄마의 입을 막아 버렸던 내 모습이 겹친다. 며 칠 뒤 또 책을 펼친다. 신달자 작가의 모친을 통해 엄마의 모습 이 보여 나 같은 딸을 낳은 엄마에게 미안해서 어깨가 들썩이 도록 울었다.

1999년 개봉한 〈마요네즈〉라는 영화도 떠올랐다. 김혜자와 최진실 두 배우가 엄마와 딸을 맡았다. 아주 오래전에 봤던 영 화이지만, 보는 내내 불편했던 기억이 있다. 영화를 다운받아 볼까 하다가 생각을 접었다. 마음이 아파지면 걷잡을 수 없고, 야밤에 청승맞게 울 생각을 하니 아찔하다. 어쨌든 궁금하다. 왜 〈마요네즈〉라는 영화 제목을 지었을까? 물과 기름처럼 섞이 지 않는 존재라서일까?

내 주위엔 엄마와 딸이 친구처럼 지내는 가정도 있다. 쇼핑 할 때 손잡고 다니는 엄마와 딸. 옷도 같이 입고, 네일 케어도 받으러 다니고, 여행도 같이 다니는 엄마와 딸 말이다.

우리 엄마라고 악바리, 여장군으로 처음부터 태어나지는

않았을 터이다. 옛날 말로 하인도 몇십 명 있고, 농사도 크게 지은 부잣집 막내딸이었다. 엄마가 우리의 학비를 위해 벌어 왔던 돈의 대부분은 어렸을 적 집에서 배웠던 바느질을 통해서였다.

엄마는 자신을 치열한 세상의 중심으로 내몰았다. 울고 웃어야 할 심장을 세상에서 제일 강한 방패 심장으로 교체해 버렸다. 슬플 틈도 주지 않고 울지 않도록 말이다. 엄마는 밤새 한과를 만들었다. 식지도 않은 한과를 머리에 이고, 가녀린 어깨에 짊어지며 어두운 골목길을 나섰다. 허리가 휘는지도 모르고 재봉틀에 앉아 드드득 옷을 박았다. 38년생 엄마는 지금도 바느질을 하신다. 재봉틀 바늘에 손가락을 다치고, 수의를 다림질하다가 팔을 데어도 엄마는 행복하다고 말한다. 아직 자신의 몸을 움직여 뭔가 할 수 있고 돈을 벌 수 있으니 말이다. 딸 다섯이 드린 용돈으로 풍족하게는 아니어도 쉬시면서 마실도 다니시면 좋을 텐데…. 평생 일하던 습관이 엄마를 쉬지 못하게 만들었다.

대학 시절 의대-간호학과 연합동아리 활동을 했다. 처음 마셔보는 술이었는데, 마시다 보니 술이 세다는 것을 알았다. 주어진 자유를 흥청망청 쓰느라, 엄마가 일찍 들어오라고 해도 듣지 않았다. 그 당시 우리 집은 전남대학교 정문이었고, 나는 핫플레이스인 후문에서 강아지처럼 흔적들을 남기고 다녔다. 벽돌 사이즈의 휴대폰을 처음 사용하게 되었는데, 벽돌로 오 분마다 엄마가 쳐들어왔다. 처음에는 "곧 가요. 5분만요" 하다 가 나중에는 전화도 받지 않았다. 휴대폰 전원이 나갔다는 거 짓말도 종종 써먹었다. 기분 좋게 놀고, 집에 가는 길은 멀기만 하다. 대문을 여는 순간, 포세이돈의 삼지창처럼 엄마의 빗자 루가 날라온다. 이년 저년 애칭이 불린다. 사랑의 짝대기 코스 프레를 한 빗자루는 막을 틈이 없다. 같이 놀았던 여자 동기들 은 엄마가 이해해 준다는데, 왜 우리 엄마만 극성스럽고 무식 하게 때리는지 화가 났다.

"니가 잘 해야 하는 거여. 어디 가서 술 처먹고 길바닥에라 도 쓰러지면 험한 꼴 당하려고 그 지랄하고 다니냐. 남자들도 있었냐. 누구랑 마셨냐. 너 술 마시라고 대학 보냈냐. 이년아. 네가 행실을 똑바로 해야 하는거. 어디 가서 아빠 없이 자란 년 이라는 소리 듣기 싫으면 말이여. 너 그런 말 듣고 싶냐. 또 술 이나 먹고 다닐라믄 좋은 말로 할 때 학교 그만 다녀라잉."

엄마의 레퍼토리는 똑같았다. 한 번은 떡이 된 나를 동기와 선배가 집까지 바래다줬다. 전대 후문에서 정문까지 두 남정 네 양쪽 어깨에 매달려 질질 끌려온 나를 보고 엄마는 뒤집어 졌다. '왜 저렇게 먹었느냐. 네놈들은 누구냐' 물어보다가 정신 못 차리는 내가 볼썽사나웠는지 사정없이 때렸다고 한다. 나를 죽어라 때리는 엄마를 내 보디가드들이 막다가 엄마한테 같이

우린 엄마와 딸

맞았다고 한다. 그다음 날 엄마는 보디가드에게 미안하고 고맙다며 밥을 샀다. 생각하면 해프닝이다. 엄마의 보호막을 벗어나 세상에서 날뛰는 나를 엄마는 계속 끌어안으려 했다. 나이가 드신 만큼 엄마의 기력도 쇠해서 이제는 무시무시한 말을 내뱉는다거나, 빗자루 던지기 신공을 더는 만날 수 없다. 마음 한쪽이 내려앉는다.

도대체 엄마들은 왜 딸을 가만두지 못하는 걸까. 엄마는 딸이 사랑받고 행복하기를 누구보다 바란다. 그러기 위해서는 딸의 행동이 타인에게 책잡히면 안 되니까 기대하는 마음으로 죽어라 잔소리를 하는 것이라고 신달자 작가는 말한다. 엄마가 교양보다는 무식을 선택하는 이유다. 엄마는 말한다.
"나처럼 살지 말라고."
"너희들 고생은 내가 다했으니까, 잘 살아야 한다고."

"남편 잘 만나야 한다고."

"사람 사는 것처럼 살아보라고."

정말 듣기 싫은 말들이었다. 내가 어련히 잘 할 텐데, 자기 신세 한탄하듯 말하는 엄마가 싫었다. 이제는 알아 버렸다. 투박했던 엄마의 여과 없는 표현이다. 딸들이 잘 살기를 바라는 진심 말이다. 무엇을 줘도 아깝지 않은 딸은 자신의 분신이다. 본인이 이루지 못한 꿈을 딸이 이뤄줬으면 하는 바람으로, 무지막지 몰아붙였을 것이다.

마지막 장을 덮고 나니, 엄마가 보고 싶었다. 50~60대 젊었던 엄마의 무식함이 그리웠다. 소리 지르고 있는 힘껏 몽둥이로 내 종아리를 때리던 엄마를 다시 만나고 싶었다. 못된 딸년이라서 이런 생각도 해봤다. 친구들 말에 의하면, 아이는 친정엄마가 봐주면 편하다고 한다. 엄마는 허리도 못 펴는 꼬꼬할머니라 독박육아 뒤집어쓸 생각에 아찔하다. 두렵기도 하다. 엄마가 돌아가시면 어떻게 하지? 가족 행사 때마다 엄마는 큰 소리로 기도한다.

"우리 서연이 좋은 짝 만나서 결혼하게 해주세요. 하나님 제 기도 들어주세요. 그래야 제가 편히 눈을 감죠."

엄마의 기도가 끝나면 나는 남 말 하듯이 툭 던진다.

"나 결혼하고 바로 죽으면 안 되니까, 내가 천천히 결혼하는 거랑께."

친정은 親 친할 친, 庭 뜰 정을 쓴다. 〈국어사전〉에는 결혼

한 여자의 부모, 형제가 살고 있는 집이라고 기록되었다. 책 먹는 여자 사전에는 언제든 달려가도 포근히 안아주고 어깨를 다독여 줄 공간으로 적어 놓겠다. 그 공간이 오래도록 남기를 기도한다.

아직도 엄마를 100% 이해한다고 말할 수 없다. 엄마가 하는 말에 고분고분 대답하고(특히 남자 문제, 결혼 문제) 착한 딸 가면을 쓸 자신도 없다. 그런데도 엄마를 생각하면 먹먹할 때가 있다. 37살의 엄마 모습은 어땠을까. 엄마의 꿈은 뭐였을까. 지금 엄마는 행복할까. 엄마의 살아온 세월을 존경하고 자랑스럽게 여긴다. 나라면 절대 할 수 없는 일, 결코 안 했을 일을 엄마는 딸 다섯을 위해 모진 세월을 견뎌내며 무서우리만치 살아왔다.

곳곳에서 예비부부 교실, 아빠 학교가 운영되고 있는 것으로 안다. 엄마와 딸을 위한 교실도 있을까? 만약 있다면 언젠가는 태어날 내 딸과 함께 공부하러 가야겠다. 누구나 엄마도 처음, 딸도 처음이니까.

나도 나랑 논다

"너는 취미가 뭐야?" 친해지는 과정에서 자주 묻는 말이다. "당신의 취미는 무엇입니까?" 이력서 필수 작성 항목에도 묻는다. 도대체 '취미'가 뭐길래 새로운 만남만 시작되면 물어보는 걸까.

〈국어사전〉은 답한다.
  1. 전문적으로 하는 것이 아니라 즐기기 위하여 하는 일
  2. 아름다운 대상을 감상하고 이해하는 힘
  3. 감흥을 느끼어 마음이 당기는 멋

1번과 3번이 와 닿는다. '마음이 당기는 멋'이라 부르는 취

미에 대한 책 한 권을 읽었다.

서평단을 통해 《나는 나랑 논다》 책을 접했다. 서평 모집이 올라올 즈음, 4차산업혁명 관련 책을 읽고 있었다. 다가올 인공지능 미래를 상상하느라 뇌가 늙어 버렸다. 내 나이 50살에 세상은 어떻게 변해 있을까? 우리 집엔 청소 로봇이 있을까? 아침마다 커피 내려주는 요리 로봇은 비쌀까? 머리가 터지기 전에 가볍게 읽을 수 있는 책 한 권이 절실했다. 역시 원하는 자에게 주어지는 기회가 왔다. '서른 어른들이 발견한 혼자 노는 즐거움'이라는 부제부터 숨통이 트인다.

《나는 나랑 논다》는 김별, 이혜린, 이민영 세 여성 작가와 김화연 일러스트레이터의 공동작품이다. 한 작가당 평균 13개 자신의 은밀한 취미를 공개한다. 익히 알고 있는 대중적인 취미도 있었고, 키득거리며 웃을 정도로 별나게 혼자 노는 방법도 있었다.

먼저 김별 작가의 혼자 노는 이야기를 들어 보자. 책 쓸 당시에 그녀는 퇴직 후 혼자 놀기의 정수를 보여 주는 중이었다. 글 쓰는 게 재미있어 출판사에 취직했다는 그녀의 행동력에 박수를 보낸다.

"생각해 보니 그동안 내가 가장 소홀했던 사람은 다른 누구도 아닌 나였다. 해보고 싶어 하는 것도 못 해보고, 가보고 싶어 하는 곳에도 못 데려가 주고 죽어라 일만 시켰다. 그래서 다짐했다. 이제는 나 자신에게 속죄하는 마음으로 미친 듯이 놀아야겠다."

누구나 이런 마음은 가지고 있다. 직장 일에 매여, 경제활동을 하다 보면 나를 잃어 버리기 일쑤이다. 그녀는 죽어라 일만 시킨 자신에게 미안해서 미친 듯 놀았다. 추리닝을 입고 슬렁슬렁 동네 문방구로 향한 그녀의 눈에 들어온 '아폴로' 구절에서 추억이 봉긋 솟는다. 세대차이로 '아폴로'를 모르는 분이 있다면 문방구 행을 추천한다. 그래야 공감이 되니까. 실은 나도 초등학교 졸업 이후 아폴로를 먹어 본 적이 없다. 그런데도 '아폴로' 단어가 나오자마자 손가락 길이의 비닐 안에 들어 있던 과자를 떠올렸다. 손으로 쭉 밀어 빼 먹기도 하고, 입에 넣고 쭉쭉 짜 먹었던 과자 말이다. 아직도 문방구에 있다고 하니, 초등학교 근처를 지날 때 나도 그녀처럼 스캔 한 번 해 보려 한다.

김포 쪽 외근을 가면 하늘에 둥둥 떠 있는 비행기를 자주 만난다. 당장 인천공항으로 내달리고 싶다. 어디든 좋으니 여권에 출국 도장 한번 받고 싶다. 이럴 때 김별 작가는 리무진을 타고 인천공항으로 간다. 비행기 이착륙이 보이는 곳에 앉아 커피를 마시며 사람들을 구경한다. 그녀의 눈에 "대체 왜 공항에서부터 일란성 쌍둥이 룩을 뽐내는지 알 수 없는 아드레날린 과다분비 신혼부부"가 보인다. 표현력 최고다. 책을 덮고 웃다가 배가 아플 정도다. 내 배에도 근육이 있었다는 의학적 사실을 확인한다. 하도 웃어서 쑥쑥 쑤실 정도로 근육이 움직인다. 책 곳곳에 김별 작가의 시니컬하고 허를 찌르는 표현을 만나며 잃어 버린 웃음을 찾아 보자.

두 번째 이혜린 작가 차례이다. 그녀는 아기 엄마이며, 늦깎이 대학원생이라고 자신을 소개한다.

"사람들은 제발 좀 쉬라고 했지만 나에게는 쉬지 않는 것이 쉼이었다. 누구보다 잘 놀았고 바쁘게 지냈다. 취업과 결혼 그리고 출산까지 숨가쁘게 생의 과업들을 해 왔고 이제 늦깎이 대학원생이 되었다. 그래서 더더욱 놀 시간이 없다. 하지만 그래도 나는 논다."

그녀는 이제 창업 전선에 뛰어들었다고 한다. 지금도 열심히 놀고 있는지 궁금하다. 나랑 코드가 맞는 여성이 있다니 만나고 싶다. 나도 사람들에게 제발 좀 쉬라는 말을 제법 듣는다. 일 벌이기 좋아하고, 배우기 좋아해서 몸뚱이를 가만히 내버려

두지 않는다. 가만히 있으면 답답하고 뭔가 놓치는 기분이라 움직여야 한다.

이혜린 작가의 혼자 노는 방법의 하나는 사격장 총쏘기이다. 직장 시절에도 힘든 일이 있으면 정장 풀세트로 입은 그녀는 사격장으로 가 시원하게 방아쇠를 당겼다. 내가 사격장을 방문한 것은 우연한 기회였다. 모임에 동행한 두 분이 근처에 있는 사격장 이야기를 꺼내고 있었다. 사격장 근처에는 가보지도 않았던 내가, 그날 일행을 따라 첫 총쏘기를 했다. 취기가 좀 올라왔는데, 여자인 내가 최고점을 받았다. 인형 열쇠고리 하나를 선택할 수 있었다. 나 고무고무~ 루피 받은 여자라고!!

그녀의 두 번째 취미는 키덜트를 위한 레고 수집이다. 아무리 싸도 몇십만 원 이상일 것 같은데 그녀의 레고 사랑은 명품 가방보다 신상 레고가 더 좋다니 할 말 다 했다. 레고 수집의 좋은 점도 있다.

"고급형 레고는 단종 되면 가격이 두세 배에서 100배까지 뛰기도 하니 이만큼 실속 있는 놀이가 어디 있나. 다 커서 장난감이나 모은다고 등짝 스매싱을 당하고 있다면, 중고 가격부터 체크해 보자!"

오호라. 재테크까지 고려한 키덜트라면 나도 한번 도전해 볼까?

세 번째 이민영 작가는 이 시대를 대표하는 평범한 직장인 이자, 철이 덜 든 어른아이라고 자신을 소개한다.

"나는 하고 싶은 건 다 하면서 산다. 그런데 아직도 하고 싶은 것들이 좀 많다. 그래서일까. 지금 회사에 다니고 있는 것이 맞느냐는 신원 확인 질문을 참 많이 받는다. 강한 호기심이 부족한 자제력을 만난 결과다."

이 책이 나올 때 그녀는 회사를 그만두고 대륙으로 떠났다고 한다. 이민영 작가 글을 통해 몇 가지 정보를 확인할 수 있어서 도움이 되었다. 온라인 공개 수업 MOOC(Massive Open Online Course)라는 프로그램이다. 유명대학이나 강사의 강의가 온라인에서 무료로 제공된다고? 책을 잠시 덮고 MOOC를 검색해서 수강신청 한번 해 보자. 대학교 다닐 때 아침 일찍 친구와 손잡고 수강 신청했던 풋풋한 시절도 상상해 보라.

《나는 나랑 논다》 각 챕터별로 그녀들이 제안하는 노는 방법이 있으니 하나씩 따라 해 봐도 재미있겠다. 이 책은 지극히 은밀하고 사적인 취미를 독자와 공유했다. 몰래 훔쳐 보는 그녀들의 혼자 노는 방법에 귀가 솔깃해졌다. 그래! 결심했어. 나도 내 취미를 써 볼까? 한 권의 책으로 내기에는 아직 부담스러우니까, 스리슬쩍 글이 마무리되어 가는 지금에서야 '나도 나랑 논다'라는 제목으로 단편을 써 볼까 한다.

아시아나 마일리지 항공권 예매 놀이

시간 활용이 자유로운 영업인이라 직장인보다 여행 가기가 쉬운 편이다. 벌려 놓은 일이 많아서 지금은 여행보다는 강연, 독서 모임, 인적 네트워크 모임, 서평 카페 관리가 우선이다. 떠나지 못하는 여행, 떠날 것처럼 항공권 예매라도 해 보자. 항공사 마일리지는 유럽을 왕복할 정도로 쌓였다. 버킷리스트 중 하나가 연말과 생일을 해외에서 즐기는 것이다. 성수기라 마일리지로 예약 가능한 좌석은 없다. 대신 쌓여가는 마일리지로 언젠가는 고민 없이 예약하고, 검문대를 통과하는 모습을 상상한다. 나도 세 여성 작가처럼 이 책이 나올 즈음 마일리지 항공권으로 어딘가에 떠나 있지 않을까?

뜨개질 하기

외국영화를 보면 나이 지긋한 흰머리의 여성이 흔들의자에 흔들흔들 앉아 있다. 안경은 콧등까지 내려쓰고, 양손을 바삐 움직인다. 손녀에게 입히려는지, 아직 잘 살아준 남편에게 주려는지 스웨터를 뜨고 있다. 뜨개질 초보인 나는 아직

완성품이 없다. 손 풀기용으로 목도리를 뜬 후 여름 니트 카디건을 뜨기로 했다. 손 풀다가 여름 다 지나겠다는 현명한 공방 강사님의 결단으로 목도리는 잠시 접어두고, 카디건을 뜨고 있다. 하루에 10분이라도, 한 줄이라도, 시간이 넉넉하면 타이머를 맞춰 놓고 30분씩 뜨개질을 한다. 주로 자기 직전에 뜨는데, 뜨다 보면 처음에는 잡생각이 든다. 두세 줄 뜨다 보면 아무런 생각이 없어지고 홀린 듯 내 손만 움직이고 있다. 겉뜨기, 안뜨기 순서도 놓치지 않고 가위 손처럼 움직이는 내 손에 놀랄 때가 있다.

여행 사이트 카카오톡 체크하기

일주일에 한두 번은 인터파크, 참 좋은 여행사, 모두투어에서 메시지가 온다. 오늘 아니면 이 가격으로 떠날 수 없다면서 협박한다. 다른 메신저는 몰라도 이건 꼭 확인한다. 땡처리를 잡아야 한다.

일정을 확인하고 제일 저렴한 날짜를 체크한다. 399,000원보다는 339,000원이 행복한 숫자니까 그 날짜에 맞춰야 한다. 매번 여행 가자고 말만 하는 넷째 언니에게 공유한다. "언니 가자", "언제?", "제일 쌀 때", "나 그때 휴가 안 돼" "흐잉, 칫, 미워" 오늘 아니면 안 되는 여행 놀이는 벌써 몇 번째 펑크이다.

알라딘 중고서점 된장녀 놀이

별일 아닌데 감정조절에 실패해 하루를 망치면 화가 나서 참을 수가 없다. 이럴 때 향하는 곳은 집 근처 알라딘 중고서점이다. 피곤하고 짜증날수록 더 찾게 되는 곳이다. 가자마자 검색대로 향한다. '감정, 분노, 슬럼프' 등 닥치는 대로 키워드를 입력하고 찍~찍~ 도서 위치를 확인할 수 있는 종이인쇄를 눌러댄다. 이때 한번 스트레스가 풀린다. 찍~철커덕~찍~철커덕. 한 뭉텅이 종이와 장바구니를 들고 오늘 일 좀 저질러보겠다는 심산으로 책을 향해 돌진한다. 표지, 작가 소개, 목차 몇 개를 확인하고 장바구니에 쑤셔 넣는다. 알라딘 중고서점에서는 살까 말까 고민할 필요가 없다. 정가의 1/3도 안 되는 책값을 카드로 긁고 나면 속이 시원하다. 역시 화장실 갈 때 마음과 나올 때가 다르다더니, 분출하고서야 숨통이 트인다.

스타벅스 머그잔 모으기

제주도, 포르투갈, 홍콩, 스페인, 보라카이 등 관광지의 스타벅스를 찾아간다. 도시 이름이 새겨진 스타벅스 머그잔을 하나씩 모으고 있다. 런던, 시애틀, 상하이 등은 여행 가는 지인에게 부탁해서 받기도 했다. 글을 쓰다 잠시 주방으로 가서 커피포트에 물을 담는다. 잘 갈려진 드립용 원두커피 두 스푼을 여과지에 넣고 동글동글 물을 붓는다. 향기로운

스타벅스 머그잔
모으기

원두커피를 이번엔 어느 나라 머그잔에 담아 마셔 볼까? 그
래! 에그 파이가 맛있었던 포르투갈! 머그잔을 사기 위해 무
진장 뛰었던 포르투갈이 좋겠어.

《나는 나랑 논다》 책 마지막에 나오는 구절이다.

"잘 놀면 인생이 바뀐다. 그것도 겁나 재밌게 바뀐다!"

꼭 여럿이 놀아야 재미있는 건 아니니까, 혼자 할 수 있는
건 내 맘대로 놀고 즐겨 보자.

《나는 나랑 논다》 독서 감상 비디오

고양이에게 말 걸기

동물들은 착해요. 사실 인간보다 낫죠.
동물은 배신하지 않거든요.

안나 마냐니

8월 무더위가 한창인 여름밤, 도림천을 한 바퀴 걷고 집에 올라가는 길이다. 꼬불꼬불 오르막길을 따라 무거운 발을 땅에서 떼다가 도로에 앉아 있는 고양이와 눈이 마주쳤다. 심장이 찌릿했다. 원래 고양이란 놈은 사람 기척만 느껴도 도도하게 도망가는데, 요놈은 내가 지나가든 말든 신경도 안 쓴다. 날씨가 덥긴 덥나 보다. 시원한 바닥에서 열대야를 피해 축 늘어져 있는 걸 보니 말이다.

나는 고양이, 강아지 등 애완동물을 좋아하지 않는다. 아니 무서워한다. 조그마한 생명체가 발 아래에서 출랑거리는 느낌, 뒤를 졸졸 따라오는 기분, 목청껏 울부짖는 것도 기분이 썩 좋지 않다. 내 몸 하나 건사하기도 벅차다. 집에 있는 초록이 물

르미, 보리, 샴프,
린스, 후추, 홍시

도 겨우 주는데 애완동물을 키우는 건 무리다. 나와 반대인 사
람을 소개한다. 방금 그녀에게 카톡을 남겼다.

　"언니, 고양이 키우면서 불편한 거, 좋은 게 뭐야?"

　"단점은 털 엄청 날리는 거, 여기저기에 털이 달라붙어. 장
점은 고양이 자체가 사랑스러워서 안 예쁠 때가 없어."

　친한 언니인데 집에 고양이를 여섯 마리나 키워서 집 구경
한번 못 가봤다. '르미, 보리, 샴프, 린스, 후추, 홍시'는 언니가
키우는 고양이 이름이다. 한 마리도 아니고 여섯 마리라니….
나는 돈 받고도 못 키운다. 고양이마다 사연이 있지만, 특히 언
니가 예뻐하는 고양이는 첫째 르미라고 한다. 언니가 결혼하기
전부터 오랫동안 키운 이유이다. 가장 말 안 듣고 애먹이는 건
형부가 결혼 전 키웠던 보리인데, 하는 짓이 형부랑 똑같다고
한다.

"언니 한 마리와 여섯 마리 키울 때의 장단점을 말해봐."

"애들 화장실 청소 매일매일 해줘야 하는 게 힘들긴 하지. 그래도 사랑스럽고 예뻐서 기쁨이 여섯 배야. 출근하면서 한 마리만 놔두고 나오면 얼마나 걱정되는지 알아? 애들도 외로움 타니까 혼자보다는 여럿이 있는 게 나도 안심돼. 사료랑 모래값이 엄청 들어도 키우는 보람이 있어."

절대 이해 불가다. 집에 나 이외의 생물이 꼬리를 치켜들고 뭔가를 안다는 듯한 눈으로 나를 쳐다보며 야옹야옹거린다면 내가 가출할 수도 있다. 마치 나쓰메 소세키가 쓴《나는 고양이로소이다》처럼 고양이가 나를 한심스럽게 쳐다보지 않을까 상상도 해봤다.

고양이 회피자인 나도 고양이를 만난 적이 두 번 있다. 바로 뮤지컬 〈캣츠〉를 통해서다. '캣츠' 하면 떠오르는 명곡 〈Memory〉하나 듣겠다고 2014년 내한공연 때 젤리클석을 98,000원에 예약했다. 뮤지컬의 전개에 실망했다. 1막에서는 주구장창 고양이 소개만 했다. 도대체 〈캣츠〉가 왜 유명한가 싶을 정도였다. 고양이들 소개하다가 끝나겠다 싶을 때 모든 이야기가 한데 이어지면서 그제야 그리자벨라가 명곡을 부르는 장면이 나온다. 역시 〈Memory〉만 메모리 됐다. 뮤지컬을 이해하지 못해 아쉬운 추억으로 남아 있었다.

책을 읽고 블로그에 리뷰를 올리면, 가끔 출판사에서 이메일이 온다. 서평 요청 메일이다. 이번에는 2017년 〈캣츠〉 내한공연 기념으로 홍보가 필요한 뮤지컬 〈캣츠〉 원작 시집《주머니쥐 할아버지가 들려주는 지혜로운 고양이 이야기》책이다. 어랏. 〈캣츠〉 원작 시집도 있었구나. 몇 년 전에 〈캣츠〉를 봤으니 기억도 떠올릴 겸 읽어 볼까 싶어 서평 이벤트를 신청했다.

작가 T.S 엘리엇은 20세기를 대표하는 시인이다. 심오한 글을 쓰던 그가, 유일하게 쓴 동시집으로도 유명하다. 동시집을 통해 뮤지컬의 대가 앤드루 로이드 웨버는 뮤지컬 〈캣츠〉를 세상에 내놓는다. 동시집과 뮤지컬의 고양이들은 조금 다르지만, 동시집만 읽어도 〈캣츠〉의 감성이 충분히 묻어난다. 아니지. 반대다. 동시집을 〈캣츠〉에 잘 녹여냈다. 2017년 7월 〈캣츠〉 내한 공연이 있었다. 동시집을 읽고 가서인지, 첫 번째 관람보다 몰입이 수월했다. 책에서 봤던 내용이 가사로 나오면 신기해서 같이 흥얼거리기도 했다. 극장 고양이 거스, 철도 고양이 스킴블샹크스는 동시 그대로 뮤지컬로 재현되었다.

마카비티, 마카비티, 마카비티 같은 악당은 없네.
인간의 법을 어기고 중력의 법칙도 깬다네.
공중으로 떠오르는 능력은 도사님도 못 당하지.
현장에 도착해 보면, 마카비티는 거기 없다네.

지하실을 뒤져 보고 허공을 쳐다보아도,

거듭거듭 말하지만, 마타비티는 거기 없다네.

전 세계인이 알고 있던 뮤지컬 〈캣츠〉가 동시집에서 영감을
얻었다니! 앤드루 로이드 웨버의 창의성도 대단하다.

《주머니쥐 할아버지가 들려주는 지혜로운 고양이 이야기》
는 〈캣츠〉 뮤지컬을 보기 전에 읽어 보길 추천한다. 공연을 즐
기는 효과가 두 배 이상이다. 고양이 기피자인 내가 야옹이에
대해 관심 가지게 해준 책이다. 아이들보다 어른들이 읽어 보
면 좋을 어른아이들을 위한 시집 되시겠다.

'르미, 보리, 샴프, 린스. 후추, 홍시'를 키우는 언니에게
"언니, 유튜브 한 번 찍어 봐. 고양이 집사 콘텐츠도 인기 많더
라. 아니면 고양이 무서워하는 나를 컨셉으로 해 봐. 어떻게 고
양이와 친해지는지 과정을 소개하는 거지" 훈수를 뒀다.

관심도 없다는 언니가 유튜브를 찍거나, 내가 언니 집에 놀
러 가서 고양이에게 말 걸기를 시도하거나 둘 중 하나는 이뤄
지길 바란다.

《주머니쥐 할아버지가 들려주는 지혜로운 고양이 이야기》
독서 감상 비디오

쓰
지
만
몸
에
좋
은
맛

시간과 친구가 되세요

시간이 없어서 책을 읽지 못하는 사람은
시간이 있어도 책을 읽지 못한다.

《회남자》 중

띠리리리. 단잠을 깨우는 알람이 야속하다. 자기 전 독하게
마음먹었다. 미라클모닝은 아니어도 시간에 쫓기며 출근 준비
를 하지 않기로 말이다. 6시, 6시 15분, 6시 30분, 7시 주기로
알람을 맞춰 놨다. 따져 보면 7시까지 알람 설정을 해놓은 건
6시에 일어날 마음이 없다는 뜻이다. 6시에 일어날 시도를 했
다는 만족감이면 족했다.

몇 분마다 울리는 알람을 들으며 온몸을 비틀어 몸뚱이를
일으킨 건 7시가 조금 늦은 시간이다.

"나 왜 이렇게 살지? 사무실에 가면 할 일도 많고, 오후에
상담해야 할 고객 서류도 마무리 지어야 하는데… 30분만 일
찍 일어날 수도 있었잖아."

마음이 급하니까 아이라인마저 엇나간다. 아침 시간을 지배하는 사람이 성공한다고 했던가. 이 말이 귓가에 맴돌면서 내 하루는 글루미하게 시작된다. 하루의 시작부터 글렀구나 싶다. 2호선 지옥철은 프라이버시 따윈 지킬 수가 없다. 가방을 든 내 손은 어느 남자의 물컹한 궁둥이에 닿는다. 그 틈에 휴대폰을 들고 있는 뒷사람은 뭘 그리 클릭해대는지 덜컹거리는 틈에 휴대폰으로 내 뒤통수를 가격한다. 될 대로 돼라. 지하철에 몸을 싣기만 해도 반은 성공한 거다.

퇴근 후 신발을 벗자마자 책장 앞으로 갔다. 사이쇼 히로시의 《아침형 인간》, 후루이치 유키오의 《아침 30분》, 김범준의 《하루 30분의 힘》, 책 세 권을 신생아처럼 조심스레 가슴팍에 품고 책상 앞에 앉는다. 이 책들을 처음 만났을 때도 지금과 같은 마음이었다.

'이렇게 살면 안 돼. 시간 관리가 생명이야. 시간에 쫓겨 다니기 싫어. 아침을 상쾌하게 시작할 수 없을까. 하고 싶은 건 많은데 왜 이렇게 시간이 부족하지?'

나를 구제해 줄 방법을 찾기 위해 씹지도 않고 삼켜댔다. 책을 덮은 후에도 한두 달 정도는 신봉자가 되어 미친 듯 실천했다. 자기 전 주문도 외우고, 일찍 자려고 저녁 약속도 잡지 않았다. 일찍 일어나기가 힘들었지만, 책에서처럼 명상, 운동, 독서, 청소 등 닥치는 대로 따라했다.

슬금슬금 일어나는 시간이 늦어지더니 예전의 나로 돌아왔다. 책을 읽음만 못한 게으름을 즐겼다. 차라리 온 맘을 다해 즐기고 있으면 좋겠는데, 실은 불편하다. 시간 관리가 제대로 안 되어 쫓기듯 하는 일들이 늘어나면서, 실수도 생기고 자신감도 저하된다. 이번에는 책에서 하라는 것을 맹목적으로 따라하지 않겠다. 내가 할 수 있는 것과 포기하지 않고 삼 개월 이상 지속할 수 있는 내용을 찾겠다는 절실함으로 페이지를 넘겨 본다.

《아침 30분》 책에서 얻은 것은 왜 아침에 일찍 일어나야 하는지에 대한 동기부여이다. 나를 위해서는 십 분이라도 더 누워 있는 것이 좋다고 생각했다. 어제 아침은 지방 출장을 갔고, 저녁에는 모임을 갔던 피곤함의 핑계가 '수면'으로 보상되어야 한다고 믿었다. 이제는 타인에게 도움을 주려는 행동으로 초점을 맞춰야겠다. 인간은 소중한 누군가를 위할 때 큰 힘을 발휘한다고 한다. 예를 들어 그간 연락을 못 했던 고객에게 전화하기, 바쁘다는 핑계로 올리지 못하고 있는 금융 정보를 블로그에 올리기 등을 실행해 보려 한다.

《아침형 인간》을 통해서 꼭 하나 실천할 것은 눈이 떠지면 이 핑계 저 핑계 대지 말고, 무조건 벌떡 일어나기이다. 침대에서 꼼지락거리는 짓은 그만하자.

《하루 30분의 힘》의 서평을 블로그에 올렸는데, 조회 수가 폭발적일 때가 있었다. 키워드는 '김범준' 작가의 이름이었다. 사담이지만 서평만 꾸준히 올려도 블로그 운영의 재미를 느낄 수 있다. 일 방문자 수의 증가는 블로거의 기쁨이다. 서평을 보고 출판사나 작가가 신간 서평을 의뢰하기도 한다. 물론 책도 증정받는다. 서평으로 블로그 방문자가 최고를 찍은 적은 이때가 처음이기에 김범준 저자에게 감사 인사를 전해 본다.

내 미래를 바꾸는 기적의 시간 사용법을 제시한 김범준 저자의 솔루션을 이렇게 활용하고 있다.

나의 시간 값 계산하기

월 급여 200만 원
한 달 20일 / 하루 8시간 근무
나의 시간 값 : 200만 원 / 20일 / 8시간 = 12,500원

역시 시간은 돈이다. 두 번째 재독하는 책이니만큼, '시간 값'을 중점적으로 적용해 보기로 한다. 나는 온종일 일하는 삶을 원치 않는다. 주말도 없이 일하는 삶을 살아 봤기에, 주말과 저녁은 나를 위한 시간으로 활용하려고 한다. 어떻게 효율적으

로 가치 있게 일하면서 급여도 올릴 수 있을지 생각해보는 것도 시간 값 계산에 장점이다.

이번 꼭지를 쓰기 전부터 마음이 무거웠다. 지인들에게 시간 관리 잘하는 사람, 하루 24시간도 모자라게 열심히 사는 사람, 도대체 잠은 언제 자냐는 질문도 받을 만큼 SNS를 통해 많은 모습을 보여드리고 있다. 칭찬을 들을 때마다 뜨끔거리는 가슴을 진정시키기란 쉽지 않다. 아침 늦잠을 자고 허둥거리는 내 모습을 누가 볼까 창피하기도 했다. 그렇다고 매번 늦잠을 자는 것은 아니다. 희한하게 중요한 일이 있거나 해야 할 일이 있는 아침이면 머피의 법칙처럼 늦잠을 자도록 나를 방치했다.

이제부터 '중독의 고리'를 끊어 보겠다. 재독을 하면서 책의 모든 내용을 내 것으로 만들려고 욕심부리지 않았다. 자기 전 동기부여, 시간 값 계산, 벌떡 일어나기 딱 하나씩만 실천해보기로 한다. 독자가 '지금도 벌떡 일어나세요?'라고 물어볼 때 당당히 '네! 총알처럼 튀어 일어나죠' 당당히 말할 수 있기를 바란다.

'아침, 수면, 시간' 키워드로 고민이라면, 서점으로 달려가 책을 쭉 훑어본 후 맘에 드는 책 두세 권을 사자. 출퇴근 시간 스마트폰은 가방이나 주머니에 잠시 넣어두고 책 한 구절이라도 읽어 보자. 널브러진 흰 소들 사이에 보랏빛 소처럼 자신이 자랑스럽게 느껴질 것이다. 스마트폰 부대 사이에 책 읽는 사람이라니!! 멋지지 않은가. 때론 보여주기 독서가 나를 으쓱하게 하며 독서의 즐거움으로 이어지기도 한다. 책 내용이 어려워서 실천하지 못하는 게 아니다. 실천하지 못해서 책은 책일 뿐이라고 변명하면서 책을 외롭게 두는 것이다.

다시 만난 세 권의 책이 나에게 조잘거린다. 처음 읽을 때는 새침데기 같았다. 이번에는 오래된 친구처럼 날 지긋이 바라보며 내가 무슨 말을 하고 싶어 하는지 알고 맞장구쳐 준다. 오래된 벗이 나에게 알려준 노하우를 활용할 내일 아침이 기다려진다.

《하루 30분의 힘》 블로그 리뷰

기록하고 성공을 바인딩하라

매일 아침 그날 해야 할 일의 목록을 적어라.
그 목록대로 실천하라.

모건

2016. 01. 17.

체계적인 시스템이 필요했다.

누구도 채워줄 수 없는 갈증

실적도 저조해지고, 만나려는 사람도 줄어들고….

먼저 나를 정리하고 시스템화하자.

기록하고 성공하자.

강규형 대표의 《성과를 지배하는 바인더의 힘》 책의 속지에
적어놓은 메모이다. 입사 6개월 차 슬럼프가 들이닥쳐 정신을
야금야금 갉아먹을 때다. 책상에 앉아 Sit Plan을 작성 중이었
다. Sit Plan은 내가 속한 보험회사의 시스템 중 하나이다. A4

사이즈의 링 제본된 공책에 이번 주 일정을 적는 것을 말한다. 고객 전화, 면담, 교육, 이번 주 할 일 등 체계적으로 메모하고 점검한다.

"최서연 FSR. 혹시 바인더라고 알아요?"

Sit Plan을 짜지 못해 하염없이 공책만 보고 있던 나에게 지나가던 옆팀 매니저가 묻는다. 내 인생에 아주 중요한 시점이었다. 왜 그분이 나에게 그런 질문을 했을까? 지금 생각하면 감사하고 고맙기만 하다.

"바인더요? 처음 들어보는데요. 그게 뭐 하는 거예요?"

"그럼 바인더라고 검색하고 책 한번 봐봐요. 최서연 FSR에게 도움이 될 거에요."

내 장점 중 하나는 남이 좋다고 하는 것은 분명 이유가 있으니, 확인하고 시도해 본다는 것이다. 귀가 얇다는 것의 아름다운 표현되겠다. 포털 창에 '바인더'로 검색 후 책부터 주문했다. 책을 읽고, 바인더의 매력에 빠져 2016년 1월에 유료 바인더 사용설명회를 들으러 갔다. 그 후 2년째 바인더를 애용하고 있다. 책 내용 소개와 더불어 바인더 활용을 어떻게 하고 있는지 공유하고자 한다.

오늘 내일 버려질지 모르는 종잇조각에 메모하는 사람과

나만의 지식 보물창고에 기록하는 사람 중 세렌디피디를 맞이할 이는 누구일까? '세렌디피티(serendipity)'는 '예기치 않은 행운 또는 우연을 가장한 행운'이란 뜻이다.

바인더는 흩어져 있는 정보를 한 데 묶어 시스템화하는 도구이다. 꿈이 있는 사람과 꿈이 없는 사람 중 어느 쪽을 파트너로 택하겠는가? 꿈이 있다면 이루기 위해 구체적인 계획은 어떻게 수립하고 관리하는가? 계획과 성과를 주기적으로 체크하는가? 내 꿈을 바람에 흩날리는 민들레 홀씨처럼 후~후~ 불어 멀리 떠나보내고 있지는 않은가?

바인더를 통해 시간 관리, 목표 관리, 지식 관리, 기록 관리, 업무 관리가 가능하다. 내 보물 1호 바인더를 펼쳐 본다.

첫 장

버킷리스트가 꼽혀 있다. 자격증 시험 합격, 여행지, 월 급여, 체중 관리, 개인적인 소망을 수시로 채워 넣는다. 매번 다이어트 중이고 매해 실패했다. 과도한 목표치 53kg에서 55kg로 목표 수정을 했는데, 여전히 나는 XXkg다. 이루지 못한 항목도 있지만, 바인더를 펼칠 때마다 '아, 내가 이런 것도 적었네. 맞아. 이거 해보고 싶지'라고 인지하게 된다.

월간 계획표

제일 많이 활용하는 챕터이다. 월별 일정을 한눈에 보기 편하게 정리할 수 있다.

주간 계획표

하루를 마무리하고, 한 주를 정리할 때 바인더를 펼쳐 내일, 다음 주 일정을 확인하고 잠자리에 든다. 주간 리스트는 오전 5시부터 자정까지 시간별로 칸이 구분돼서 세부적인 시간 관리가 가능하다. 책에서 추천하는 형광펜을 활용한다. 컬러 체크로 입체적인 시간 관리가 가능하다.

그 외에도 상담에 필요한 자료집, 독서 리스트 등을 가지고 다닌다.

바인더를 통해 계약을 성사시킨 경험이 있다. 고객님은 본인 사업을 하면서 바인더를 활용했고, 동료들에게도 사용을 권장하는 분이었다. 바인더를 가방에서 꺼내는 순간, 의자 깊숙이 기대어 있던 분이 내 쪽으로 몸이 돌진해 오며 "서연 씨도 바인더 써요?"라며 잠깐 보자고 하셨다. 쭉 보시더니, 바인더만 봐도 내가 어떤 사람인지 알겠다면서 마음의 문을 여셨다.

스케줄 관리뿐만 아니라 자료집으로도 활용이 가능한 바인더는 카멜레온이다. 어떻게 활용하느냐에 따라 제구실을 톡톡히 한다. 마치 푸딩처럼 별 모양 틀에 담으면 별 모양이 되는 고마운 녀석이다.

우리는 새해만 되면 크고 멋진 다짐을 하며 대형 문구점으로 가서 다이어리를 산다. 1~3월까지는 기특하게도 잘 적어 낸다. 시간이 지나면서 가방 속의 다이어리는 서랍 신세가 된다. 다이어리의 울부짖는 소리가 들리는가?

"이럴 거면 왜 샀니?"

바인더는 언제든 꺼내서 날짜별로 쓸 수 있기 때문에 다이어리처럼 썩히는 일이 없다.

이 년 동안 바인더를 사용하면서 느낀 점을 토대로 앞으로 사용하실 분들에게 몇 가지 조언을 드리며 마치고자 한다.

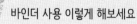

바인더 사용 이렇게 해보세요

- 막상 바인더를 구매하려고 보니, 비싸죠? 바인더를 얼마나 잘 활용할지도 모르는데 몇 만 원의 큰 금액을 지출하기 부담스러울 때, 서브 바인더를 먼저 구매해 보세요. 한 개에 5,000원이고요. 거기에 서브 바인더 케이스를 색깔별(8,500원)로 매년 바꿔주면 새것처럼 사용할 수 있어요.

- 처음 사용하실 때는 바인더 전용 속지를 구매하시는 게 좋아요. 20공 뚫려 있는 속지로 편하게 사용할 수 있어요.

- 바인더 전용 속지로 길들이기 하셨다면, 인터넷에 바인더 사용자들이 만들어 놓은 속지도 활용해 보세요. 대부분 무료로 블로그에 파일을 올려놔요.

- 저처럼 업무용 자료를 넣고 싶을 때는 종이에 구멍을 뚫어야 사용할 수 있어요. 펀치 종류는 두 개가 있는데 비싸더라도 슬라이드 펀치형을 구매하세요. 종이를 넣고 드르륵 한 번에 20공을 뚫을 수 있어 편리하고 뚫다 보면 스트레스도 풀려요. 집게형 펀치는 뚫다가 목잡고 숨넘어가실 수도 있답니다.

- 《성과를 지배하는 바인더의 힘》을 먼저 읽어 보시길 추천해요. 왜 써야 하는지 고개를 끄덕이실 거예요.

소득의 재분배로 삶을 리모델링하라

대부분의 사람들은 자기 영혼을 팔아서
그 돈으로 거리낌 없이 살아간다.

로건 스미스

부자에 대한 관심은 언제나 뜨겁다. 특히 연초가 되면 '부자' 키워드로 책 한 권은 보게 된다. 이십대부터 봐왔던 재테크 책은 족히 30권 이상이다. 그런데도 제자리걸음 중이다. 청약통장, 연금보험, 연금저축, 변액보험 저축보험은 기본적으로 가지고 있다. 은행상품은 골드뱅킹, 펀드, 외화통장을 통해 10% 수익을 남겨본 적도 있다. 풍차돌리기로 5~6개의 통장을 만들어 두 달꼴로 은행에 가서 적금을 새로 가입하는 재미도 누려 봤다.

딱 그만큼인 경제생활을 하면서, 마치 뭐라도 되는 양 후배들에게 적금 들라, 연금 가입하라 훈계를 늘어 놓는다. 내가 왜 돈을 모으지 못했는지 심장 깊은 곳의 간지러움을 긁어주는 한 권의 책을 소개한다. 하브 에커의 《백만장자 시크릿》이다.

"부와 가난 중 어떤 것을 선택하겠습니까?" 당연히 '부'이다. 초등학교 4학년 때 아빠와 이별했다. 초등학교, 중학교, 고등학교, 대학교의 기본적인 학비조차 자력으로 해결하기 어려운 형편이었다. 여느 집 막둥이처럼 응석을 떨며 먹고 싶은 거 사달라고 말도 못했다. 엄마가 어떻게 돈을 버는지 알았기에 어리광은 사치였다. 의식주조차 해결되지도 못했을 때다. 그외의 것(치킨이 먹고 싶다. 학원에 가고 싶다. 친구들과 놀러 가고 싶다)을 바라면 불효라는 것을 일찍 깨달아버린 애늙은이가 되었다.

간호대학을 졸업하고 경제활동을 시작한 지 14년이 되어간다. 두 달 반 유럽 배낭여행으로 천만 원 정도 쓴 것을 제외하면 인생에서 큰 과소비는 없었다. 내 딴에는 모든 소비가 꼭 필요한 것들이다. 회사원 시절 한 달에 오백만 원을 벌어도 백만 원 저축하기 빠듯했고, 삼백만 원을 벌면 저축조차 힘들어했다. 씁쓸했다. 이게 최선인가.

《백만장자 시크릿》에서는 아무리 돈을 많이 벌어도 모으지 못하는 이유를 알려준다. 어렸을 적 부모에게 들었던 말들이 무의식 속에 영향을 끼치기 때문이라고 한다. 눈을 감고 어린 시절로 거슬러 올라가 보자. 엄마는 시장에서 옷 장사를 했다.

돈벌이가 시원찮을 땐 유과, 약과, 부각, 강정을 만들어 내다 팔았다. 엄마는 어렸을 때 잘 사는 집안에 태어나서 바느질 솜씨도 좋고, 못하는 음식도 없을 정도로 손재주가 좋으신 분이다. 엄마가 시장과 서울을 오가며 팔았던 것들은 통장에 쌓여 본 적이 없다. 잠시 엄마 손에 머물다가 딸 다섯의 학비, 밥값, 집세로 빠져 나갔다.

눈치챘는가? 내 무의식 속의 부는 '모으기 힘든 것, 그날 벌어 그날 살기 위한 도구, 모을 수 없는 것, 돈 모으기는 재미없는 것, 모아봤자 나가는 돈'이다. 만약 엄마가 부동산을 살까, 저축할까 등 종잣돈 활용하는 모습을 봤다면 어땠을까?

대학 시절 공부보다 연애에 도가 튼 동기 언니를 보면서 친구들끼리 흉을 봤었다.

"저럴 거면 학교 왜 다니니? 어제도 나이트클럽 갔나 봐. 머리카락 색은 왜 저렇게 노란 거야? 봤어? 기숙사 앞에 남자가 데리러 왔더라. 가방 봤어? 또 바뀌었던데? 남자가 사줬대."

그 언니는 좋은 남편 만나서 외국 가서 아기 낳고 잘 산다고 한다. 잘 노니까 남자도 잘 만나고, 남자 보는 눈도 키웠다고나 할까. 우리가 병원에서 뛰어다니고 집에서 퍼자느라, 남자 만날 틈도 없을 때 언니는 일찍 결혼했다.

하브 에커는 부자는 부자가 되기를 명확히 원하나, 그 외

사람들은 자신이 무엇을 원하는지조차 모른다고 말한다. 이 구절을 읽고 의아했다. '우리는 모두 부자가 되고 싶다고!! 누가 부자가 되기를 거부하겠어?' 소리치고 싶었다. 작가가 무슨 말을 하는지 도통 모르겠다. 뒤이어 그는 대부분은 무의식적으로 부자가 되길 원하지 않거나, 부자가 되기 위해 해야 할 일을 할 마음이 없기 때문이라고 설명한다.

입으로는 부자가 되고 싶다고 말하면서도 거기에 수반되는 행동을 했는가? 그는 묻는다. 가난한 사람은 "돈만 있으면 저거 배워서 창업 한 번 해볼 텐데"라고 말만 하고, 부자들은 "된다. 행동한다. 갖는다" 마인드로 실행에 옮긴다.

현재 나의 월급 주머니는 6개가 있다. 주머니를 10개까지 늘리는 게 1차 목표이다. 아파서 일을 못 한다거나, 특가로 나온 여행지를 홀가분하게 며칠 떠날 때도 거리낌이 없도록 말이다.

책을 읽고 실천하고 있는 네 가지 항목을 소개한다.

90일마다 '순자산 추적'을 하라

계좌에 돈이 얼마 들어 있는지, 보험료는 얼마나 냈으며, 매달 착실히 내는 국민연금 총 납부금액은 얼마인지 기록한다. 그전까지는 관심조차 없었던 경제활동의 결과물을 시각화,

수치화해서 보게 되었다. 매 90일이 즐겁고, 다음번 순자산 추적을 할 날이 기다려진다.

놀이통장은 소득의 10%를 저축하라

오로지 나를 위해 쓰고 양심에 거리낌 없는 통장이다. 네이버 가계부 앱을 쓰는 덕분에 내 수입과 지출을 십 원 단위까지 파악할 수 있다. 처음 모은 30만 원으로 몇 달을 고민하던 탐론렌즈를 일시불로 결제했다. 통쾌했다. 부자가 된 것 같았다. 30만 원을 일시불로 결제하더라도 다음 달 카드값이 걱정될 리가 없다. 카메라 렌즈는 오로지 내 것이다.

경제적 자유 통장의 10%를 투자하라

종잣돈 만드는 통장이라고 보면 좋겠다. 나의 경우 10%를 한 통장에 넣지 않는다. 만약 10%가 30만 원이라면, 10만 원은 글로벌펀드에 이체한다. 10만 원은 예금통장에, 10만 원은 골드뱅킹과 외환 통장에 시세에 따라 융통성 있게 입금한다.

다이소 핑크 돼지 저금통과 일 년을 함께하라

일과를 끝낸 후 그날 쓰다 남은 동전이나 천 원짜리 몇 장을 돼지 등에 쑤셔 넣으며 "감사합니다"라고 말한다. 작년에 키운 돼지를 잡았더니 십만 원이 조금 넘게 모였다. 올해 초에도 다이소로 달려가 오백 원짜리 돼지 한 마리를 데려 왔다.

위의 습관들로 당장 부자가 될 거라고 생각할 분은 없으리라 생각한다. 대신 부에 대한 개념과 돈을 모으는 기쁨, 올바른 쓰임을 하도록 길잡이가 해주는 좋은 벗이 될 만한 내용이기에 책을 읽고 한 가지라도 실천해 보기를 추천한다.

《백만장자 시크릿》 블로그 리뷰

시에 대해 나와 당신의 이야기

우리들은 감탄과 희망과 사랑으로 산다.

윌리엄 워즈워스

나에게 시란? 3~5년에 한 권 읽을까 말까 한 드문 아이템
이다. 손대면 톡하고 터질 것 같은 감성 충만한 시를 읊어본 건
고등학교 때가 마지막이다. 몇 년 전 이해인 수녀님의 시집을
모아본 적은 있다. 깊이 공감하며 보지는 못했다. 시란 원래 난
해한 것, 나 따위 평민은 범접하기 어려운 고귀한 것이라 간주
하고 마음을 주지 않았다.

시(詩)는 '문학의 한 장르. 자연이나 인생에 대하여 일어나
는 감흥과 사상 따위를 함축적이고 운율적인 언어로 표현한
글'이라고 한다. 정의부터 시적이다. 가끔 행복한 상상을 해본
다. 허를 찌르는 몇 줄의 글을 적으면 시팔이 하상욱 시인처럼

대박 나지 않을까? 문제는 허를 찌르기 어렵다는 것이 총체적 난관이다. 딱 들으면 나도 팍 쓸 수 있을 것 같은데 말이다. 막상 한 줄도 적지 못하는 시 부적응자이다. 읽는 것도 부담스러운데, 쓰는 것은 오죽하겠냐 싶다.

시란 삶의 본질을 탁 건드린 후에 인간의 영혼을 툭 쳐주는 거라고 쓴 이승규 시인의 〈시의 목적〉 작품처럼 이게 바로 시를 읽는 맛이다. 시의 사전적 정의는 늘어진 팬티 고무줄처럼 혀에 착착 감기는 맛이 없다. 이승규 작가가 이야기하는 시는 달팽이 크림처럼 쫀쫀한 맛이 있다.

어라? 이 시집 재미있네. 시인이 궁금했다. 으레 시인이란 세상사에 찌든 중년이지 않을까 추측했다. 뽀얀 피부에 수줍은 미소를 지닌 그는 30대 초반의 문화부 기자였다. 문화부 기자? 기자란 시크하고, 외향적일 듯한데, 그는 문학소년 느낌이다. 프로필에서마저 장가가기 전에 시집을 냈다고 말하는 것이 볼 빨간 소년 같다.

시집을 읽으며 깊이 공감할 수밖에 없었던 것은 내 또래가 고민하는 일, 사랑에 대한 이야기가 담겨 있어서이다. 문화시민이라는 의무감에 유명한 시집을 사서 읽어 보기도 했다. 삶을 관조하는 글에는 그의 인생만 존재하고 우리의 이야기는 없었다. 그에 비교해 바보시인 이승규 작가는 비슷한 고민을 하는 나에게 '시'라는 이름으로 다가와 말을 걸었다.

"그래, 맞아. 내가 하고 싶은 말이 이거였어. 와, 어떻게 내 마음을 잘 알지? 귀신같네."

시집 한 권 꺼내 들고 마음속에 들어온 시 구절 하나를 되뇐다. 응축된 말을 잘근잘근 씹으며 단물을 쏙 빼먹게 된다.

풍성한 꽃 한 다발을 받았다
습관처럼 향기를 맡는다
향이 없는 조화이다

파우더를 두들기다가
쿵쿵 냄새를 맡는다
나는 향기 나는 사람일까

〈향기〉라는 제목의 내가 지은 시다. 이렇게 쓰는 게 시인지도 모르겠다. 맛있게 시집 한 권 먹었으니, 멋있게 시 한 편 써야 할 것 같아서 적어 봤다. 몇 줄 쓰려니 A4 3장을 채우기보다 어렵다. 보고서 스무 장을 작성하기는 쉽다. 압축해서 한 장으로 엑기스만 뽑아내려면 노련미와 다년간의 눈칫밥이 필요하다.

시집을 읽을수록 시집갈 생각은 없어지고, 나도 시집을 내 볼까 헛바람이 든다.

제목은 〈처음 시인〉이 어떨까?

프로필엔 '인생은 한 번이다. 누구나 처음 사는 인생이다. 처음은 어색하지만, 신기함이 있다. 당신과 내 처음을 시인나 게 나누고 싶다.'

이렇게 써 볼까? 굳이 어렵게 쓰지 않아도 된다. A4를 채우 느라 키보드를 마구 두드리지 않아도 된다.

월터의 상상은 현실이 되듯, 나도 시인을 꿈꿔 보게 만든 《바보시인》을 만난 건 행운이다.

시의 쌉싸름한 매력을 몰라 봤다. 이제는 쓴맛도 즐겨 먹을 수 있는 세상 좀 살아 본 어른이 되었나 보다.

당신의 말 한마디가 인생에 미치는 영향

말도 행동이고 행동도 말의 일종이다.

랠프 월도 에머슨

초등학교 4학년 때 하루아침에 하반신 마비로 침상에서 학창시절을 보내야 했던 소녀를 소개한다. 원인 불명이라 병원에서도 딱히 해줄 게 없다고 했다. 집으로 돌아온 소녀는 가족들의 보살핌을 받았다. 시간이 지날수록 가족들은 지쳐갔다. 단한 사람, 소녀의 엄마는 제외하고 말이다.

엄마는 "괜찮다. 다시 일어설 수 있어"라고 말하며 희망과용기를 놓지 않았다. 소녀도 엄마의 말을 믿었고 기적처럼 일년 반이 지나 땅에 다리를 올려 놓을 수 있었다. 작가는 엄마의사랑과 믿음이 만들어 낸 기적의 결과이며, 사람의 말과 행동이 기적을 만든다고 말한다.

내가 생각하는 '스피치'는 기술적인 분야가 최우선인 줄 알았다. 정보를 제공하고, 상대방과 합의점을 찾기 위해서는 ABC 순서로 이야기하고, 눈은 미간 사이를 보고, 상대방의 몸짓을 따라한다는 스킬에 관련된 책만 보았던 나에게 이 책은 신선하게 다가왔다.

엄마의 한줄기 뜨거운 응원으로 그녀는 여태 다리 한번 아프지 않았다고 한다. 자신이 받았던 말의 힘을 믿고 지금은 스피치아카데미를 운영하고 있다. 격식 차린 이론이 난무하지 않는다. 작가가 겪은 경험을 통해 변화된 삶을 나누는 글이기에 진실하다.

책을 읽는 내내 삶에서 말의 힘을 어떻게 이용했는지 되짚어 봤다. 어리석은 말로 상대방의 가슴에 꽂은 언어의 가시, 챙겨준답시고 내뱉었던 말의 독이 어마무시하다.

기억 속의 아빠는 경제력이 없었다. 엄마에게 술 마실 돈을 달라고 하거나, 엄마가 시장 옷 장사를 하면서 모아 놓은 돈을 장롱에서 몰래 빼갔다. 두 분의 싸우는 모습이 무의식에 각인되었다. 연애할 때면 내 기준에 빗대어 남자친구가 약속 시각 오 분만 늦어도 암고양이처럼 발톱을 치켜들고 따지느라 눈에 핏발이 섰다. 술 마시고 실수라도 할라치면 아빠 모습이 겹치면서 실망하고 헤어지자 서슴없이 말하는 여자였다.

여태 나는 상대방을 있는 그대로 이해하기보다는, 나만의 방식으로 변화시키려 했다. 그 사람이 약속 시각에 늦은 이유를 명탐정 코난처럼 명쾌하게 찾아낸 내가 우월하다고 여겼다. 그가 늦지 않도록 행동을 교정해 주는 게 의무라 생각했다.

입으로 내뱉기만 했을 뿐, 말다운 말을 못했다. 어떻게 하면 스피치를 잘할 수 있을까? 입에 꿀 바른 것처럼 술술 풀어내는 것이 말을 잘하는 것일까? 김성희 작가는 사람의 마음을 여는 것이 스피치라고 했다.

나에겐 콤플렉스가 있다. 부정확한 발음이다. 2015년 5월 폐쇄성수면무호흡진단을 받고 수술을 했다. 하비갑개 절제술, 편도절제술, 무슨 무슨 절제술 등 간호사인 나도 기억하기 힘든 수술과 함께 혀를 당겨 턱에 박았다. 누워 있으면 긴 혀가 말려서, 기도를 눌러 잘 때 호흡곤란이 생긴다는 이유이다. 짧아진 혀로 발음이 부정확해지고, 말을 하면 소리가 입안에서 맴돈다. 가끔 나사못 박힌 턱이 쑤시기도 한다. 수술 후 어리숙해진 발음으로 한동안 대화를 피했다.

삼 년이 되어가는 지금도 발음이 좋지 않다. 대화가 매끄럽지 못하다고 느끼면 속상하다. 수술 비용도 천만 원이나 들었는데, 여전히 숙면은 취하기 힘들고 비염은 환절기마다 찾아오는 불청객이다. 어떤 자리에서 말할 기회가 생기면 콤플렉스 발음이 발목을 잡았다. 나는 말 못 하는 사람이니까, 내가 이야기해도 사람들이 잘못 알아먹을 거라고 속단했다. 말하는 재미가 없었다.

후배들과 약관공부를 진행하면서 앞에 나서서 이야기할 기회가 많아졌다. 발음 따위는 잊고 공부를 하다 보니 내용이나 진행하는 사람의 열정이 중요하다는 것을 깨달았다. 또하나 사람의 마음을 열기 위해 열정만큼이나 중요한 것이 바로 '경청'이다.

경청傾聽

상대의 말을 듣기만 하는 것이 아니라, 상대방이 전달하고자 하는 말의 내용은 물론이며, 그 내면에 깔려 있는 동기(動機)나 정서에 귀를 기울여 듣고 이해된 바를 상대방에게 피드백(feedback)하여 주는 것을 말한다.

_〈산업안전대사전〉 중

"혁신을 이루기 위한 첫 단계는 적극적인 청취 습관을 기르는 것이다"라고 톰 피터스는 말했다. 경청은 상대방의 의견을 충분히 들어주고, 말을 중간에 자르지 않고, 고개를 끄덕여 주는 것으로만 생각했다. 그동안 나는 말할 순서를 기다리면서 그저 상대방의 말을 듣는 척했을 뿐이다. 대화라고 여겨왔던 것들은 나 혼자의 외침에 불과했다. 상대방의 말은 오른쪽 귀로 들어와 왼쪽 귀로 흘러가는 공기와 같았다.

'너 말 다 했지? 네가 말하는 동안 내가 착하게 다 들어줬으

니까, 나도 말 좀 하자.'

　이런 수준이었다.

　아직도 스피치가 어렵다고 생각한다면 《인생을 좌우하는 스피치의 힘》을 펼쳐 보자. 말을 사랑하고, 스스로 잘할 수 있다는 자신감을 가지며, 경청으로 불안을 극복할 수 있다고 말하는 김성희 작가의 응원에 힘이 나고 희망이 보일 것이다.

　돈도 들지 않는다. 문제는 이 조언을 얼마나 긍정적으로 받아들이고, 내 것으로 만들기까지 노력하는가다. 매일 내뱉는 말을 사랑하자. 촌철살인과 같은 한 마디, 천 냥 빚을 갚는 한 마디로 인생이 달라질 수 있다.

《인생을 좌우하는 스피치의 힘》 독서 감상 비디오

책 먹는 여자

당신만의 단 한 사람을 기억해 주세요

어린이가 태어날 때 가지고 있던 경이감을 계속 살려 나가려면
최소한 그 경이감을 함께 나눌 보호자가 필요하다.

레이첼 칼슨

'가장 힘든 아이를 제게 보내 주세요'라고 기도하는 선생님
이 있다. 새 학년이 시작할 때 교사들은 자기 반에 우등생이 오
기를 바라지, 문제아, 열등생이 배정되기를 바라지는 않는다.
권영애 선생님은 마음이 아프고 닫힌 아이를 하나의 우주로 보
고 우주와 만남을 통해 아이의 아픔을 달래준다. 아이가 다시
웃을 수 있도록 '그 아이만의 단 한 사람'이 되기를 자처한다.

《그 아이만의 단 한 사람》은 교사 이야기이다. 이 책을 보기
전까지는 독서 편식을 했다. '내가 교사도 아닌데 봐야 하나?'
생각이 들었다. 아이 엄마들은 이 책을 보고 눈물을 흘렸다고
한다. 아이 키우는 엄마니까 그렇겠다고 지레짐작했다. 내가

읽어볼 의지는 전혀 없었다. 읽어야 할 책들이 내 뒤에 줄줄이 서서 대기 중이었다.

권영애 선생님을 다른 작가의 저자강연회에서 처음 만났다. 서로 인사를 나눈 것도 아니고, 먼발치에서 말이다. 두 번째도 강연회에 갔다가 선생님과 묵례 정도의 인사를 나누었다. 세 번째는 여성 작가모임에서 식사를 같이할 기회가 있었다. 선생님을 잘 알지 못했지만, 주변 사람들은 '권영애'라는 이름만 나오면 누구나 엄지를 머리까지 들어 올렸다. 대단한 분이고 좋은 분이라는 말을 들어 왔다.

비가 보슬보슬 내리는 초여름에 초면, 구면 여성 작가들이 모여 옹기종기 수다를 떨었다. 우아하게 티타임을 가졌다고 거짓말하고 싶지 않다. 편의점 맥주 습격 사건을 저질렀다. 가볍게 맥주 한 캔씩 마시며 웃고 이야기 나누느라 정신없었다.

아쉬운 모임이 끝나고 집에 가는 길, 권영애 선생님이 책을 선물로 주었다. 선생님을 알고 나니, 책 내용이 어떻게 되는지 궁금했다. 책 선물을 받은 나로서는 최대한 빨리 읽고, 리뷰를 올리는 게 도리라 여기고 《그 아이만의 단 한 사람》을 읽기 시작했다. '교사, 학생, 부모' 이야기를 읽다가 몇 번이나 티슈를 뽑아 눈물을 닦고 코를 풀었다. 소설이 아니고 실화다. 세상에 이런 부모가 있을까 싶고, 아이가 얼마나 힘들었으면 이럴까 싶어 안쓰럽고 화나고 속상했다.

하버드대학교 교육학 대학원 조세핀 킴 교수는 아이를 진심으로 돌봐주는 '단 한 명의 어른(one caring adult)'만 있으면 그 아이는 변한다고 말했다. 아이들에게 부모 못지않게 영향을 미치는 사람이 바로 교사라고 선생님은 말한다.

중학생 때의 기억이 불현듯 났다. 자리 배정이 가나다 순이었고, 내 짝은 '조씨'였다. 1학년 첫 학기에 첫 짝꿍은 의미가 크다. 친하게 지내고 싶었다. 짝꿍은 말만 조금 더듬을 뿐 착한 아이였다. 중간고사 시험을 보고 나니 성적이 공개되면서 짝의 성적이 최하위권이라는 것을 알았다. 나와 비슷한 성적을 가진 아이들과 공부를 하면서 자연스레 그녀와는 멀어졌다. 그 사이 몇 차례 짝꿍 배정이 바뀌었던 탓도 있다.

그 아이는 반 평균을 갉아먹는다는 이유로 담임에게 미움의 대상이 되었다. 담임이 그 친구를 무시한다는 것을 아는 순간 반 전체의 따가 되었다. 친구에게 말이라도 걸라치면, 공부 잘하는 아이들이 그 아이 옆에 가면 나랑 놀지 않겠다는 말에 그녀를 투명인간으로 볼 수밖에 없었다. 이 기억을 지금까지 가지고 있었는지 몰랐다. 내 짝꿍이 누구였는지 김씨인지 박씨인지도 기억나지 않았다.

《그 아이만의 단 한 사람》을 읽다가, 붕~하고 중학생 시절로 이동했다. 교실 맨 뒷자리 구석에 앉아 있는 중학교 짝이 보인다. 그 아이는 아무렇지 않아 했기에, 무시해도 되는 줄 알았다. 머리에 비듬이나 스타킹의 구멍을 발견하고 뒤에서 아이들이 인신공격했고, 병균이라도 되는 듯 가까이 가기 싫어했다. 친구가 복도를 지나가면 우리 반 아이들은 모세의 기적처럼 양 옆으로 갈라져 피했다.

미안하다. 친구야.

친구들의 놀림에도 네가 가만히 듣고만 있어서 나도 다른 아이들처럼 너를 대했단다. 왜 그때 도움을 청하지 않았니? 왜 너보다 덩치 작은 아이들에게 소리치지 않았니? 무엇이 너를 가두고 숨기게 했을까. 지금은 어떻게 살지 궁금하다, 친구야.

학창시절 선생님에 대한 좋은 기억이 없다. 나쁜 기억도 없다. 선생님은 교과목을 가르치기만 하면 되는 줄 알았다. 보듬고 쓰다듬어 주는 존재라고 느끼지 못했다. 중학교 때 영어 선생님이 좋아 영어 공부를 열심히 했고, 고등학교 때는 수학 선생님께 칭찬받고 싶어 수학 공부를 했다. 과정을 칭찬하는 선생님보다는 결과를 칭찬하는 분이 많았다.

내가 자랐을 때보다 21세기를 살아가는 아이들에게 관심과 사랑이 더 필요하다. 널려 있는 스마트한 환경으로 혼자 있는 시간이 많아지고, 주의집중력이 떨어진 아이들 말이다. 맞벌이 부부가 많아지면서 정서적 지지가 필요한 시점을 놓친 아이들은 학교라는 세계에 발을 내딛는 순간 다른 아이들의 표적이 된다.

학기 초 말썽꾸러기 아이에게 권영애 선생님은 이야기했다.
"선생님은 너를 사랑해."
"거짓말하지 마세요. 처음에만 그럴 거잖아요."
이 한 마디에 아이가 겪었을 고통이 다 드러난다. 학년이 시작할 때마다 문제아를 배정받은 교사는 어떻게든 잘 돌보려 한다. 관심 어린 눈빛과 사랑의 말로 보듬으려 하지만, 아이는 튕겨 나간다. 지쳐버린 교사는 결국 한 마리의 양보다 아흔아홉 마리의 양을 지켜내리라 다짐한다. 한 마리의 양은 울다 지쳐 스스로 늑대가 되어 살아나가기로 한다. 하지만 권영애 선생님의 포기하지 않는 사랑이 아이에게 문틈의 빛을 내어주고 결국 늑대의 마음은 햇살로 가득해진다.

아이들이 엄마에게 가장 듣고 싶은 말은 무엇일까.
'사랑해. 용돈 얼마 줄까. 이번 주 놀러 갈까. 놀이터 가서 놀아. 휴대폰 마음대로 해'일까? 아니다. '괜찮아'이다.
아이들은 놀다가 다치면 엄마에게 달려 간다. 다친 것도 서럽고 흐르는 피도 무섭다. 다짜고짜 엄마는 '어디서 그랬어? 누가 때렸어? 학원 갈 시간인데 어떻게 하려고 그래? 누굴 닮아서 매번 이 모양이야. 야! 너!' 소리부터 지른다.

"다리 괜찮아? 오늘은 학원 안 가도 돼. 괜찮아. 약 발라줄게. 괜찮아. 괜찮아. 괜찮아."

아이들은 이런 말을 듣고 싶어 한다. 아이들의 이야기에만 국한되지 않는다. 일하다가 후배가 실수하면 앞으로 같은 실수를 반복하지 않도록 교정해 주기 급급할 뿐, 위로해 주지 못했다. 그건 나중에 해도 괜찮다고 여겼다. "괜찮아"라는 말은 형식적이고 할 말 없을 때 내뱉는 단어라고 치부했다. 진심으로 그 사람의 아픔을 이해하고 일어서기를 바란다면, 내 모든 마음을 담아 "괜찮아"라고 이야기하리라.

교사도 극한의 직업이다. 심한 정서적 고통을 겪을 일도 많다는 것을 알았다. 내가 겪어보지 않으면 모를 일이다. 선생님이 되면 방학마다 여행 가고, 퇴직하면 연금 얼마 나온다는 이야기에 부럽기만 했다. 권영애 선생님은 왜 힘듦을 자처하고 있을까?

그것은 '소명'이 있기 때문이다. 한 아이를 살리는 일이 우주를 돌보는 것만큼이나 중요하기 때문이다. 가르치는 삶이 자신을 성장시키고, 삶에 기쁨을 주기 때문이라고 말하는 멋진 분이다.

비 오는 날 한 여성이 아이의 어깨를 포근히 감싸고 나란히 앉아 있다. 그들의 뒷모습은 평온해 보인다. 비 한 방울 맞지 않은 건 그들의 머리 위에 큰 우산이 씌워져 있기 때문이다. 표지를 보며 생각했다. 어깨를 다독이며 '괜찮아'라고 말해줄 수 있는 그 사람만의 단 한 사람, 비가 올 때 나에게 달려와 쉬고 갈 수 있는 우산과 같은 단 한 사람이 되어보기로 말이다. 우리는 모두 단 한 사람이 필요하다. 나 또한 누군가에게 그 단 한 사람이 될 수 있다.

《그 아이만의 단 한 사람》 독서 감상 비디오

시식 3편

이건 꼭 먹어야 하는 맛

타인에게 미움받기

용기를 가져라. 위험을 감수하라.
아무것도 경험을 대신할 수는 없다.

파울로 코엘료

심리 책을 읽다 보면 모두 내 이야기 같아서 당장이라도 심리상담을 받아야 하나 싶을 정도다. 나를 관찰하고 쓴 듯한 글들을 보며 흠칫 놀란다. 독서 모임을 통해 기시미 이치로의 《미움받을 용기》를 접했다. 제목이 낯설어서 읽어보지 않았던 책이다. 청개구리 심리가 있어서, 다들 읽어보면 좋을 책이라며 권유해 줬는데 도망쳤던 탓도 있다.

'심리'를 이야기할 때 프로이트를 빼놓을 수 없는데, 이 책은 아들러에 대한 이야기이다. 프로이트는 과거의 영향이 현재에 미친다고 이야기했으나, 아들러는 반대다. 철학자와 청년을 등장시켜 대화 형식으로 풀어나간다. 책을 읽는 내내 아둔한

청년이 나 같아서 공감됐다.

　외부 모임을 다니다 보면, 남들에게 잘 보이기 위해 애쓰는 나를 발견한다. 외적으로 온순해 보이고 착해 보이려 했다. 사람들에게 보이는 모습이 중요하다고 생각하면서, 내 색깔은 지워갔다.

　왜 나는 남에게 잘 보이려고 하는 걸까. 대화하다가도 의견이 다르면 내 생각을 이야기하지 않고, "말씀하신 게 맞아요"라고 수긍하기 바쁘다. 상대방 말을 잘 못 알아듣는 경우도 마찬가지다. 다시 한번 말해달라고 부탁하면 제대로 안 듣는 사람처럼 보일까 봐 알아먹은 것처럼 끄덕이며 미소 짓는다.

　이를 '인정 욕구'라 말할 수 있는데, 아들러는 이것을 부정한다. 타인에게 인정받기를 바라서는 안 된다는 것이다. 타인의 기대를 만족시키기 위해 사는 삶은 나를 위한 삶이 아니기 때문이다. 인정 욕구의 다른 말은 누구에게도 미움을 받고 싶지 않다는 뜻이다.

　아들러는 인간의 최대 불행은 자신을 사랑하지 않는 거라 했다. 해결책은 간단하다. 누군가에게 도움이 된다고 생각하면 자신의 가치를 느끼게 된다. 그렇기에 우리는 타인의 성장을 도와야 한다.

　나는 과거에 사로잡힌 여자였다. 아빠가 일찍 돌아가셔서,

아빠의 사랑을 받지 못해 불쌍한 아이라고 여겼다. 언니들의 결혼생활을 지켜보며 결혼이란 것에 대해 생각조차 하기 싫었다. 남편 없이 이 악물고 살아온 엄마처럼 될까 봐 두려웠다. 과거의 고리를 끊지 못하고, 수시로 내 삶에 초대해서 비련의 여주인공으로 만들며 애처롭게 보이도록 애썼다.

"아빠만 건강하셨어도, 아빠만 돈을 잘 벌었어도, 부잣집에서만 태어났어도…."

마치 과거의 흔적이 현재 내 삶에 영향을 미친다는 듯, 무늬만 인과법칙을 적용하며 살았다. 아들러는 지금까지의 인생에 무슨 일이 있었든지 앞으로의 인생에는 아무런 영향도 없다고 말한다. 인생을 결정하는 것은 '지금 여기'를 사는 '나'이기 때문이다.

과거에 아빠가 일찍 돌아가셨다고는 하나, 경제활동을 통해 스스로 얼마든지 돈을 벌 수 있다. 아빠와 엄마가 싸우는 것만 봐서, 결혼하면 나도 저럴 것으로 생각했지만 아닐 수도 있지 않은가. 살면서 안 싸우고 사는 부부가 얼마나 될까. 사물의 한 면만 보고, 마치 그것이 인생의 전부인 양 도망치듯 살았다. 과거는 과거일 뿐이고, 지금 여기서 다시 시작할 수 있다.

여러 번 곱씹어 읽어봐야 할 책, 《미움받을 용기》는 혁명이다. 여태 내가 알았던 심리에 대한 것을 완벽하게 뒤집는다. 신선했고 파격적이었으며 두통을 수반했다. 아들러가 말한 내용이 우리가 교육받으며 살아왔던 매뉴얼과 반대이기 때문이다. 타인에게 잘 보일 필요가 없다. 그것은 타인이 기대하는 삶을 살아가는 것뿐이다. 누군가와 비교할 가치도 없다. 나대로 살아가면 된다. 무엇이 주어졌는지가 중요한 것이 아니고, 어떻게 활용할지가 포인트다.

타인에게 인정받을 필요가 없다. 그저 내가 믿는 최선의 길을 선택하고 집중하면 된다. 책의 내용 중에 어떤 것을 실천해 볼까? 하나만 고르자면 타인에게 인정받으려고 하지 않는 것이다. 일을 결정할 때 '내가 이걸 하면 사람들이 나를 어떻게 볼까? 잘했다고 칭찬해 줄까? 혹시 별로라고 말하면 어떻게 하지?' 전전긍긍한다. 사람들에게 잘 보이려고 애초에 생각했던 바를 포기한 적도 있다. 내가 이 말을 하면 저 사람이 어떻게 받아들일까 싶어, 꺼내 보지 못한 말이 백두산 높이이다. 내 뜻을 이야기하기에 앞서, 상대방이 어떻게 받아들일지 고민하다 보니 본질이 퇴색될 때도 있다.

안하무인, 이기적인 사람이 되자는 것이 아니다. 나답게 산다는 것의 의미는 세상의 중심에 나를 두고 나부터 바로 서야 한다는 것 아닐까. 미움받을 용기가 즉 행복해질 용기이다.

《미움받을 용기》 독서 모임 영상 일부

신비한 말, 고맙습니다. 감사합니다

감사하는 마음은 파괴력을 막아주는
깨어 있는 영혼이다.

가브리엘 마르셀

이사한 집이 좁다는 이유로 친구가 화분을 맡겼다. 집안용
이라고 보기 어려운 크기와 내 허리까지 쭉 자라난 스파트필
름, 뱅갈고무나무, 하나는 이름 모를 아이까지 3개가 무단침입
을 했다. 작년까지 아이비, 산세베리아, 스투키 등 5개 이상의
화분을 자식처럼 키웠다. 아이비는 하루가 다르게 쭉쭉 뻗어
갔고, 잎들은 싱그러운 녹색이었다. 어린 잎들의 부드러움과
생명력에 감탄하며 보내는 날도 기쁨이었다.

큰 아픔을 겪고, 모든 화분을 처분해 버렸던 차다. 내 마음
도 굳게 문을 닫아 버렸다. 아무에게도 내 마음을 주고 싶지 않
았다. 아픔을 아이비에게 투사했다. 아픈 추억을 공유했던 화
분을 던져 버리고 눈앞에서 사라지게 하면, 내 상처도 아물거

라는 웃긴 논리였다. 그러고 나서 3개의 화분이 쳐들어왔으니 반가울 리가 없다.

보름에 한 번 정도는 물을 주라는 부탁을 받았다. 죽든 말든 상관할 필요가 없었다.

"어차피 내가 원해서 가져온 게 아니잖아. 너네 알아서 쭈그려 있다가 잘 살아 봐."

아침마다 거실로 뛰어가 새잎이 나왔는지 살펴보고, 잘 잤는지 이야기하고, 매주 토요일이면 화장실로 옮겨 찬물 샤워를 해주던 초록이 사랑은 이제 없었다. 혼자 들기에도 무거운 화분이라 더 마음이 안 갔다. 한 손으로도 들 수 있는 화분은 기분 따라 식탁 위, 침대 머리맡, 책상 위에 옮겨가며 바라보는 재미도 있단 말이다.

내 눈길조차 받지 못한 이 녀석들과 함께한 지 1년이란 시간이 지났다. 처음 왔을 때 고무뱅갈나무는 줄기 아래까지 잎이 풍성했다. 우리 집 거실 창가에서 빛을 반틈만 받다 보니, 일주일에 한두 개씩은 아래 잎이 가을낙엽처럼 쓸쓸히 떨어졌다. 청소하다가 청소기로 화분을 툭 건드렸는데, 맥없이 쓰러지더니 두 동강이 났다. 사랑을 맘껏 주진 못했지만, 떠나보내는 건 언제나 마음이 아프니 나도 나를 알 수 없다.

잎이 자꾸 떨어져 지저분하다고 친구에게 갑질도 했다.

"제발 네 것 좀 가져 가라. 화분 하나 놔둘 공간은 있지 않냐?"

친구는 우리 집 햇살이 잘 들어오니까 제격이라고 키워달
라고 했다. 어느 날은 스파트필름에서 꽃 하나가 우아한 자태
로 꼿꼿하게 피어 있었다. 친구에게 사진을 보내줬더니, 자기
집에서는 열리지도 않던 꽃이 열렸다면서 화분이 나를 좋아하
나보다고 말했다. 100% 마음을 줄 수는 없었지만, 미워하지
않기로 했다.

마음을 바꿔 먹은 건 이름 모를 화분 때문이었다. 사방팔
방 퍼지는 잎이 정신이 사나워서 햇빛도 안 들어오는 구석, 현
관문 앞에 두 달을 방치했다. 청소기를 돌리다 보니, 벽에 닿은
부분의 줄기는 샛노래져서 질식 상태다. 탱탱해야 할 잎들이
할머니 주름살처럼 짜글짜글하다.

"어머. 내가 너한테 무슨 짓을 한 거니. 미안하다. 미안하
다. 너희가 무슨 잘못이라고. 내가 너희를 이렇게 미워했을까.
정말 미안해."

화분을 거실 가운데로 옮기며 혼잣말을 했다. 어둠이 물러
나고 사랑의 햇살이 내 마음에도 비치기 시작했다. 정신이 바
짝 들었다. 마음 같아서는 화장실에 풀어놓고 샤워 좀 시켜주
고 싶은데 아직은 내 허리가 소중하니까 잠깐 보류한다. 물통
에 물을 몇 번이나 담아가며 화분에 쏟아부었다. 고맙다. 잘 살
아줘서. 이름 모를 화분과 통성명이나 하자 싶어 친구에게 메
신저를 남겨 놨다. (이름 모를 너의 이름은 테이블야자였구나. 어쩐지 야
자수처럼 쭉쭉 자라고, 테이블처럼 넓게 퍼져 있더라니!!) 이제부터 매일

책 먹는 여자

아침저녁으로 우리 초록이들 내가 많이 사랑해줄게. 고맙다. 우리 집으로 와줘서.

'고맙습니다. 감사합니다'는 누구에게 좋은 말일까. 상대방이 듣기 좋은 말에 불과할까. 말하는 당사자는 입만 움직이면 끝일까. 왜 우리는 고감사(고맙습니다. 감사합니다. 사랑합니다)를 말해야 할까. 그 이유를 물이 말해 줄 것이다. 에모토 마사루의 《물은 답을 알고 있다》는 출간 당시 상당히 화제가 된 책으로 기억한다.

안 봐도 비디오, 말하면 입만 아프다. 제목만 봐도 내용을 간파할 수 있다. 책을 스르륵 넘기며 얼음 결정체와 물의 모습을 비교해 보는 것만으로도 값어치가 있는 책이다. '고마워'라는 말이나 글씨를 보여줌으로써 물은 아름다운 육각형을 만들어낸다. '미워'라는 말에는 물 분자도 흐트러지고, 물 모양도 화난 것처럼 보인다.

긍정의 말이 왜 중요한가? 물은 답을 알고 있다. 인간의 몸은 70%가 물로 구성되어 있다. 현대인의 질병은 올바르지 못한 식습관, 스트레스 복합체이다. 암보다 더 심각한 것이 심혈관계 질환이다. 내 몸 구석구석은 혈관으로 연결되어 있다. 피가 깨끗해야 성인병도 안 걸린다. 어느 한 부분에 찌꺼기를 제거한다고 다 되는 것도 아니다. 혈관을 따라 피가 돌기 때문이다. 몸에 좋은 음식을 먹고, 운동을 열심히 해도 우리 몸속의 물이 깨끗해야 한다. 피를 다 뽑아 깨끗한 피로 교체할 수도 없는 노릇이다. 대신 방법은 있다. 돈 안 들이고 제일 간단하게 할 수 있는 것은 '고맙습니다. 감사합니다'라고 말하는 것이다.

누구에게 말하는지 상대가 중요한 것이 아니다. 바라보는 시각이다. 어떻게 바라볼 것인가? 원두커피를 내리고 여과지를 들어 올리다가 물을 몽땅 머금은 커피 가루를 주방 바닥에 철퍼덕 떨어트렸다.

화장지를 돌돌 말아 닦으며 "이참에 바닥청소도 할 수 있게 되어 감사합니다." 말했다. 누가? 바로 글을 쓰고 있는 이 여자가 말이다. 가끔 감정조절에 실패해서 울컥할 때도 있지만 제정신이다.

출근할 때는 냉장고에 붙은 종을 한번 쨍~울리며 "갔다 올게, 잘 있어" 말하며, 종소리의 울림을 즐긴다. 열대야로 아침부터 몸이 끈적하다. 일어나자마자 샤워를 하며, "샤워할 수 있게 해주셔서 감사합니다"라고 나지막이 말한다. 특정 상대도 없고 듣는 이도 없지만 감사하다는 말을 일상으로 한다.

감사는 고마움을 나타내는 인사라고 한다. 한자로는 '感 느낄 감, 謝 사례할 사'를 쓴다. 그렇다면 고마움은 무엇인가? '고맙게 여기는 마음이나 느낌'이다. 명탐정 코난 스타일로 역

추적을 해보자.

고맙다

[형용사] 남이 베풀어 준 호의나 도움 따위에 대하여 마음이 흐뭇하고 즐겁다.

이 찜찜함은 뭘까. 글이 산으로 가는 느낌이지만, 우리가 흔히 쓰는 말인데 어원은 알아야 한다는 집착에 회심의 검색어를 입력한다. '고맙다 어원'을 치고 엔터를 누른다. 나 말고도 이 검색어로 블로그에 올린 분, 지식인에 물어본 분들이 꽤 있었다. 딱 한 가지 학설이 있는 것은 아닌데, 읽어보니 흥미롭고 지적 목마름을 해결하기에 충분하다.

첫 번째는 단군신화에 나오는 곰과 관련 있다. '고맙다'는 '고마에 같다'가 줄여진 말이고, 풀이는 "당신의 은혜가 곰 어머니와 같다"라는 존경의 뜻이 깃든 단어다.

두 번째는 고어 중 '고마'가 어원이라는 것이다. 실제로 국어사전을 찾아보니 〈고마〉 '[명사] [옛말] 공경(공손히 받들어 모심)의 옛말'로 되어 있다. 꽤 신빙성이 있다.

세 번째는 고마가 신이나 신령을 지칭하는 것으로, 신의 존재에 존경을 표시한다는 것이다.

샛길을 유턴하여 다시 본론으로 돌아오자. 어쨌든 감사와 고맙다는 단어에도 긍정의 에너지가 넘친다. 타인을 배려하고 존경함이 물씬 느껴진다. 어렸을 적 목사님 설교 말씀이 떠오른다. 싫어도 감사, 좋아도 감사하라는 내용이었다.

얼굴도 보기 싫고, 목소리도 듣기 싫은 남편이나 직장 상사에게 억지로라도 감사하다고 말해 보자는 것이다. 감사의 '감'이라는 단어가 목구멍에 걸려 나오지 않아도 내뱉다 보면, 그를 향한 분노의 감정이 사그라든다. 실제로 감사하고 사랑하게 되더라는 내용이었다. 우선 나를 위해서라도 '감사합니다. 고맙습니다'라고 말해 보는 건 어떨까. 내 입에서 향기로운 단어가 퍼져나가야, 내 몸도 꽃이 된다.

거두절미, 감사를 입에 달고 살아보기를 제안한다. 물론 나도 눈에 거슬리는 것이 있으면 뇌를 잠시 off 시켜두고, 바로 쏘아대는 못된 말버릇을 가지고 있다. 아차 싶어 상대방에게 사과한 지도 얼마 되지 않았다. 실수를 인정하고 바로잡을 수 있는 인지력도 감사하고 고맙다는 말을 하면서 시작된 행동이다. 하나씩 변화하는 내 모습을 보고 제2, 제3의 감사 예찬론자가 탄생하기를 바란다. 내가 고맙다고 말해서 상대방이 나에게 고맙다고 말해야 할 의무는 없다. 내가 좋아서 하는 거면 족하다. 바랄 필요가 없다.

Thanks To You

고맙습니다. 감사합니다. 이 글을 읽어주실 미래의 독자분들에게 미리 감사 인사를 드립니다.

진심으로 고마운 분에게는 조그마한 엽서에 감사편지를 써보세요. 뜻밖의 감사편지에 상대방이 당황할지도 모르지만, 속으로는 행복해할 거에요.

고맙습니다. 감사합니다. 누구도 아닌 나를 위해 먼저 말해보세요.

당신의 다락방으로 초대해주세요

꿈이 없다면 인생은 쓰다.

에드워드 불워 리턴

2014년 1월 늦기 전에, 늦기 전에 취미로 즐기던 살사 댄스를 전문적으로 하고 싶어 5월에 있을 살사 공연 대회반을 준비 중이었다. 직장인이 대부분인 공연반은 퇴근 후 모이는 시간이 밤 9시 30분, 10시 정도로 늦었다.

회사생활을 했던 터라 6시 30분 퇴근 후 강남에 도착해서 밥도 먹고 길거리를 쏘다녀도 시간이 남았다. 걷다 보니 한기가 들어 중고서점이란 곳에 들어섰다.

오프라인 서점도 오랜만에 들렀지만, 중고서점이 있다는 것도 몰랐던 때다. 테이블에 앉아 책을 읽는 사람, 계단에 걸터앉아 자유롭게 책 읽는 사람을 보니 그동안 놓쳐 왔던 삶의 일부를 찾은 듯했다.

딱히 어떤 책을 읽으려고 들어왔던 곳이 아니기에, 시간도 때울 겸 책 한 권은 손에 쥐고 있어야 분위기에 어울릴 듯했다. 무슨 책이 좋을까 레이더를 가동하던 중 뉘어있는 책 한 권을 집어 들었다. 이지성 작가의 《꿈꾸는 다락방》이다. 예전에 라디오에서 방송으로 들었던 책 제목 같은데, 한번 볼까? 빳빳이 고개를 쳐들고 나 좀 보란 듯 가지런히 놓여 있는 책들 틈에 맥없이 누워 있던 책과의 만남이다.

추운 강남 길거리의 방황 끝에 얻은 노곤한 몸뚱이만큼 내 정신도 지쳐가고 있을 즈음이었다. 서울살이도 만족스럽고, 사원에서 주임으로 승진도 했다. 꼬박꼬박 나오는 월급으로 저축도 하고, 살사 취미도 즐길 만큼 삶은 흐르는 강물처럼 순조로웠다. 제삼자가 보기엔 골드 미스 수준은 아니더라도, 큐빅 미스로 삶을 즐기는 여성이었다. 3년 뒤 대리 승진을 꿈꾸고, 돈을 더 벌고자 했으며, 회사에서 인정받고 싶어 하는 여성이었다. 번 만큼 나에 대한 투자를 아끼지 않았고, 즐기고자 하는 열망도 있었다.

이게 다였다. 이게 다였다고? 이게 다가 어때서? 대리 승진되고 나서는 과장 승진을 목표로 할 것인가? 회사 시스템상 여성 직군에게 과장 진급은 하늘의 별 따기보다 어려웠다. 행여과장 진급을 한다고 한들 그 후 10년, 20년 뒤의 내 삶을 과장이나 대리라는 직책이 보장해 주지 않았다.

직장이 아닌 직업에 대해 고민하던 차에 《꿈꾸는 다락방》은 나에게 꿈꾸고 실현하는 방법, 어떻게 살아야 할지를 알려 주었다. 이후에도 실로 다양한 자기계발서를 읽고 있지만, 나에게 말 걸어준 첫 책을 평생 이야기할 것이다.

"2014년 1월 강남 중고서점에서 말이죠…."

책을 읽고 어떤 점을 내 삶에 적용했고, 무엇이 변했는지 이야기해 볼 차례이다.

R=VD

생생하게(vivid) 꿈꾸면(dream) 이루어진다(realization)

우리 뇌는 상상과 실제를 구분하지 못한다. 책을 본 후 목표를 수정했다. '대리 승진이 아닌, 강남에 있는 회사 본사에 내 사무실을 가지는 것, M사의 넘버원 여성 직원이 되는 것' 친했던 직원들과 술만 먹으면 나는 No. 1 woman이 돼서 본사에 들어갈 거라고 이야기했으니 증인을 내세울 수도 있다. 이 꿈은 일 년 뒤 회사 정책상 희망퇴직 대상자가 되고 내 발로 회사를 등지고 나왔기에 이루지 못했다. 암흑기였지만, 희미하게 밝아오는 빛을 느낄 수 있었다. 덕분에 꿈꾸고 도전하는 삶을

살게 되었다.

다양한 기법 중 내가 사용하고 있는 R=VD 기법은 다음과 같다.

바인더에 버킷리스트 적기

2016년부터 버킷리스트를 적기 시작했다. 51개의 버킷리스트 중 11개는 달성했고, 5개는 진행 중이다. 죽기 전에 이룰 것들이라고 해서 특이한 건 없다. 그저 내가 하는 일이나 소망하는 것들이 달성되기를 바라는 마음에 적어 놓은 것들이다.

아주 작은 것부터 실천하고 하나씩 이뤄나가면 꿈 덩어리가 점점 복리로 불어나리라는 것을 이미 체득했다. '책 10권 출간하기'는 진행 중이며, 내 나이 50살 전에는 이루려고 한다. 독서 모임은 최근에 관심을 가지고 참석하고 있는데, 2016년 1월 뜬금없이 '독서 모임 리더 되기', '독서 모임 참석 & 습관'이라고 적어 놓은 걸 보니 소름 돋는다.

내가 적어놓고 잊어버렸던 것조차 뇌는 기억하고 정말 이뤄주기 위해 행동하고 있었던 걸까? 2018년 현재 한 달에 4번의 독서 모임을 운영하면서 다양한 직군과 나이, 성별이 다른 분들과 책에 관해 이야기하는 시간이 심장을 펌핑질해

준다.

독서 모임 참석을 통해 보험 설계사 독서 모임을 운영해 보고 싶다는 꿈이 생겼다. SNS를 통해 오늘까지 4분이 모집되었고, 이 책이 당신의 손에 쥐어져 있을 때쯤 보험 설계사 독서 모임 〈보화〉가 어떤 모습으로, 얼마만큼 성장했을지 잠시 행복한 상상해 본다(2018년 8월 기준 보화는 25회차 독서 모임을 진행했다). 여기서 다 나누지 못한 나의 버킷리스트는 언제든 자리가 마련된다면 달콤쌉싸름한 커피 한 잔, 목이 따갑도록 시원한 맥주 한 잔, 신의 물방울 와인 한 잔하며 밤새 수다를 떨고 싶다.

냉장고 칠판 페인트에 낙서하기

서울에 올라오자마자 중고 냉장고 하나를 오만 원 주고 샀다. 거의 10년이 되어가는 냉장고는 고맙게도 잘 살아내고 있다. 《꿈꾸는 다락방》을 읽고 나서 몇 달 있다가, 전셋집을 옮길 때가 되었다. 이사만 5번을 넘게 다니다 보니 이골도 나고, 솜씨도 생겨 집 구할 때 몇 가지 기준을 세워 놨다. 한 달 정도 집 찾아 삼만리 하다가 지금의 집을 찾아냈다.

거실이 넓을 것, 욕조가 들어가는 화장실이 있을 것, 창이 넓을 것, 딱 3가지만 봤는데 올레! 할렐루야! 드디어 드림 하우스를 발견했다. 나보다 앞서 한 신혼부부가 집을 보고 간 후라 주인은 나에게 쉽게 계약 이야기를 꺼내지 못했다. 며칠동안 나는 집주인에게 문자와 전화로 정말 원하는 집인데 나와 계약해 주면 안 되겠느냐, 어떤 점이 고민스러우시냐 등등 귀찮게 물고 늘어졌다. 집주인은 체념한 듯 스르르 빗장을 풀고 나와 계약했다.

드림 하우스의 체리색 문짝을 다 뜯어내고 천연 페인트를 사서 개나리색으로 손수 칠했다. 냉장고도 환골탈태를 해줬다. 페인트 가게에서 봤던 칠판 페인트를 냉장고에 덕지덕지 바르기 시작했다. 냉장고 칠판 페인트에 분필 하나를 들고 또각또각 글을 쓰면 내 가슴속에, 내 뇌리에 내 꿈 하나가 새겨진다. 매달 이뤄야 할 영업 실적, 따야 할 자격증, 아침 기상 시간, 유지해야 할 몸무게 등 순서 없이 적는다.

이룬 것도 있고, 중간에 지운 것도 있고, 아직 시작하지 못한 것도 있다. 이루지 못한 버킷리스트 따위 적는 게 뭣이 중요하냐고 물어보신다면, 그건 다 살아보고 세상 떠나기 전 보면 알 일이다.

나는 R＝VD를 통해 성공하고자 했지만, 꾸준한 성장만이 답임을 깨달았다. 성공은 '목적하는 바를 이룸', 성장은 '사람이나 동식물 따위가 자라서 점점 커짐. 사물의 규모나 세력 따위가 점점 커짐'의 사전적 의미가 있다.

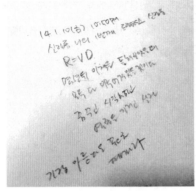

2014.1.10.(금)

R=VD
몇 년 뒤 이 책을
들춰 보았을 때 모두 다
이루어졌을 것이다.
꿈꾸고 시각화하고 열정을
가지고 살자.
가장 아름다운 꽃으로
피어나라.

성공은 완성품이다. 성장은 미완성이지만 멈춤이 없고, 한계가 없으며 지속해서 커나가는 것이다. 오늘 이룰 수 있는 하나의 성공을 통해 앞으로 성장해 나가는 삶, 여정 속에 이타적인 삶을 살도록 도와주는 책이 당신을 기다리고 있다.

책표지 앞장에 간단한 내 생각을 적어 놨다. 휘갈겨 쓴 글씨 속에서 희망을 보았다. 불과 3년 전 일이다. 그사이 많은 일을 겪었지만, 분명 나는 성장했다.

인생이 기대되는 삶을 살아간다는 것은 큰 행운이다. 눈에 보이지 않는 것을 믿는 믿음이야말로 위대한 것이다. 어젯밤에도 프로메테우스 관련 침상 독서를 하다가 책을 잠깐 덮고 질문했다.

"그래서 네가 이 책을 통해 얻고 싶은 게 뭔데? 불을 훔친

프로메테우스처럼 사람들을 위해 무엇을 할 수 있을까?"

내가 속한 사회에 기여할 수 있는 것을 고민해 보고, 버킷 리스트에 추가하려 한다. 지금까지 책 먹는 여자의 다락방을 보여드렸다. 당신의 다락방에 언제든 나를 초대해 주길 기다리며 다락방 문을 닫는다.

프레임 탈출기

- 창밖을 보라 -

다른 사람을 비난하려고 생각하기 전에
자기 자신을 충분히 살펴 보라.

몰리에르

    초보 작가에게 강연회는 하고 안 하고 선택의 문제가 아니다. 책 홍보가 절실하니까 뭐든 해봐야 한다. 스타강사들처럼 누가 불러주는 게 아니니, 스스로 기획하고 신청자를 모집한다. 첫 책이 나온 지 두 달 정도 지난 즈음, 친한 작가와 듀오 콘서트를 기획했다. 강연 자료도 만들어야 했지만, 무엇보다 고민은 과연 몇 명이나 강연장에 참석할지가 의문이었다. 강연 전 날까지 두 자릿수가 안 되는 참석자들의 명단을 손에 쥐고 한숨을 쉬었다.

    강연 당일, 한 시간 전부터 강연장에 가서 준비하며 어떤 분들을 만나게 될지 궁금증이 더해질 무렵 떠오르는 한 사람이 있었다. 강연 준비한답시고, 잘 만나지도 않았던 남자 얼굴이다. 만나도 급히 밥만 쑤셔 넣고 뒤도 돌아보지 않고 집으로 오기 바빴던 탓에 뒤로 밀려났던 남자다.

그에 대한 감정은 '빨리 강연이 끝나면 만나야지, 그동안 내가 무심했지'가 아니다. '아니. 어떻게 강연하는 날인지 알면서도 잘하라는 한 마디가 없지? 내가 얼마나 신경 쓰고 잘하려고 준비했던 거 알면서, 응원도 안 해주지? 아니면 나에 대해 아예 관심이 없는 건가? 뭐하느라 종일 연락도 없는 거지?' 오로지 내 중심의 분풀이 쇼가 오픈됐다.

강연을 무사히 마치고 나서, 집에 가는 길에 그에게 전화했다. 잠결에 받는 목소리에 또 한 번 감정의 파도를 느꼈다. 나에게 잘했느냐느니, 몇 명이 와서 어떻게 했는지 물어보지도 않아 속상했다. 무미건조한 통화 속에서 그보다 일초 먼저 종료 버튼을 누르는 것으로 내 감정을 드러냈다.

원래 피곤한 월요일 출근길, 2호선 지옥철에서 손가락에 불을 뿜으며 그의 마음에 독화살 백 개를 쏘아댔다. 그는 말했다. 내가 너무 예민해서 잘하라는 말도 부담스러울 것 같아서 참고 있었다고. 그의 진심을 그대로 받아들이지 못하고, 그게 말이 되는 소리냐며 그건 상식에 어긋난다고 나만의 논리로 그를 몰아붙였다. 남자는 미안하다고 진심이 아니었다고 했다. 도통 이해할 수 없었다. 나는 금성에 갇혀 몇 시간 동안 화성 남자를 무시했다.

무엇이 나를 그토록 서운하고 속상하게 했던 것일까. 왜 그의 처지에서 생각하지 못한 걸까. 나만의 기분과 기준으로 그를 구석으로 몰아세워 놓고 먼지 나게 털어댔던 까닭은 무엇일까. 나를 배려했다는 그에게 고맙다고 하지 못하고, 오히려 그건 배려가 아니라며 내 마음대로 가르치려 했다. 잘못하지도 않는 그의 입에서 기어코 미안하다는 말 한 마디를 듣는 게 뭐가 대수라고 나의 모든 분노를 미친 여자처럼 쏟아내고 말았다. 내가 옳은 걸까. 내가 알고 있는 게 맞는 걸까.

사무실 책상에 앉아 분을 삭이며 생각해 봤다. '나 참 못된 여자야…. 강연 준비하면서 얼마나 예민하게 굴었으면, 잘하라는 인사조차 받지 못한 걸까. 내 기준에 맞춰 그건 상식이 아니고, 배려가 아니다'라며 그에게 훈계했다. 바라보는 차이가 다를 수 있다는 걸 이 나이 먹어서도 모르고 개처럼 짖어댔다. 내가 좋아서 기획한 강연이면 나만 잘하면 되는 것이다. 그는 상관없다. 강연 준비한다고 설레발치고, 같이 시간을 보내지 못했으니 미안해 해야 하는 건 나다.

여기까지 생각이 미칠 즈음, 얼마 전 독서 모임에서 읽었던 《프레임》 중 '핑크대왕 퍼시'가 떠올랐다. 자기만 좋으면 될 것이지, 주변 사람들까지 피곤하게 했던 핑크대왕 퍼시 내용을 읽으면서 싸이코라고 생각했는데, 내가 바로 트집마왕 서연이었다. 핑크대왕 퍼시는 서양 동화라고 한다. 핑크색 마니아 퍼시대왕은 먹는 것, 입는 것, 음식까지 핑크색이여야 만족했다.

거기서 한 발짝 나아가 백성들의 물건도 다 핑크색으로 물들인다. 그것도 모자라 동물, 나무까지 핑크색으로 칠하게 한다. 이게 끝일까? 아니다. 핑크로 물들일 수 없는 한 가지, 하늘이 거슬린다. 하늘을 핑크로 바꾸기는 불가능하다. 어떻게 하늘을 핑크로 염색한단 말인가. 핑크대왕 퍼시의 스승의 해안이 빛을 발한다. 핑크대왕 퍼시에게 핑크색 안경을 씌운 것이다. 백성, 동물, 자연은 본래의 색대로 살 수 있었고, 핑크대왕 퍼시는 그제야 행복했다는 내용이다.

　나 또한 사물의 본질이 무엇이건, 그 사람이 어떤 생각을 하든 내 색깔로 칠해 버렸다. 얼마나 무지한가.

　이왕 이렇게 된 거 남자 이야기를 하나 더해 보려 한다. 삼 년 넘게 쓴 그의 휴대폰은 검색도 느리고, 로딩도 오래 걸려서 내비게이션이라도 켜고 드라이브를 갈 때면 늘 말썽이다. 인천을 가야 하는데, 강남을 간 적도 있다. 휴대폰의 수명이 오늘내일 숨넘어가기 직전이니 바꾸는 게 어떠냐고 말했다. 평상시에 물건 살 때도 꼼꼼히 살피고 사는 사람이다. 쉽사리 휴대폰을 바꾸지 않으리라는 것을 알았지만 같이 다니면 답답했다. 휴대폰이 완전히 고장나면, 그 안에 있는 자료도 못 살리니까 어서 바꾸면 좋겠다고 말했다. 휴대폰이 자기 좀 쉬고 싶다고, 거친 숨 쉬며 겨우 버티는 게 안 보이냐고, 으름장도 놔 봤다. 그렇게 사 개월을 쓰면서도 "바꿔야지" 말만 하는 그였다.

오전 내내 연락이 없다. 출근길에 메시지를 남기는 사람인데 연락이 없어 걱정됐다. 전화해도 안 받는다. 그날 오후에서야 일반전화로 연락이 왔다. 아침부터 휴대폰이 켜지지 않는다는 것이다. 잠들어 있던 트집마왕이 출동하고 말았다. 내가 뭐랬느냐. 이렇게 될 줄 몰랐느냐. 연락 안 되면 불편한데 왜 일을 키우느냐. 그러게 진작 바꾸라니까 고장난 게 쌤통이라며 오히려 그를 구박했다. 내 말을 듣지 않는 대가에 대한 응징인 듯해서 후련하기도 했다. 그러게 여자 말을 들어야지 똥고집 부리더니 그렇게 됐다며 될 말 안 될 말 후련하게 토해냈다. 그 사람 걱정은 차후이고, 또 내가 우선이다. 이게 바로 프레임에서 이야기하는 '후견지명'이다.

후견지명

현재에만 존재하는 결과론적인 지식이 과거에도 존재했던 것처럼 착각하고는 '내 그럴 줄 알았지', '난 처음부터 그렇게 될 줄 알았어!'라고 말하는 것

그의 휴대폰이 밤사이에 하늘나라로 갈 것을 내가 정말 알았을까? 오히려 내가 그렇게 되기를 바랐던 것은 아닐까? 나란 존재에 대해 회의가 밀려오는 순간, 프레임을 깨야 했다. 나만의 작은 창틀에 스스로 가둬 놓고 세상을 바라보며, 우물 안

중의 역치 단계가 있다. 간호사를 할 때도 환자들에게
이 심하시면 참지 말고 바로 간호사실로 오셔서 약 달라
요"라고 수시로 안내했다. 머리가 약간 아픈 상태에서
을 먹으면 금세 가라앉는다. 참을 만큼 참았다가 머리가
같은 상태에서 먹는 한 알의 두통약은 큰 효과가 없다.
순간이다. 사람은 이득과 손해, 두 가지 상황에 노출되
을 회피하는 행동을 한다고 한다.
캐스트를 포기한 대신, 일찍 출근해서 종이신문을 볼

게 물었다.
건 더 싫어!"
화장대에 앉자마자 휴대전화를 열어 팟캐스트 시작만
된다. 어려울 것이 하나도 없었다. 그동안 나를 짓누르
꿈들은 어디로 갔을까?

은 '어떤 행위를 오랫동안 되풀이하는 과정에서 저절
진 행동 방식'이라고 한다. 무엇인가를 해야겠다는 거
작이 오히려 행동을 방해하는 요소가 아니었나 싶다.
렵고 쉽고 아주 작게 시작할 수 있으면 충분하다. 명중
서는 정신집중을 하고 꾸준한 훈련을 해야 한다. 그렇
시작은 방아쇠를 당겨야 하는 것처럼 말이다. 아무리
국가대표급으로 해도, 방아쇠를 당기지 않으면 무슨 소

개구리처럼 세상을 다 아는 듯 거들먹거렸다.

나는 안다. 이후에도 언제든 그에게 악녀 짓을 하리란 것을
말이다. 그런데도 나는 성장할 것이다. 그런 짓을 통해 갇힌 프
레임을 마주하고, 깨고 나올 것이기 때문이다. 《프레임》 중 좋
아하는 구절을 소개한다.

"지혜는 한계를 인정하는 것이다."

'나'라는 그릇 안에 꾹꾹 눌러 담은 내용물은 지혜가 아니
다. 지혜로워지겠다고 많이 주워 담기만 하면, 결국 터져서 쓸
모없을 뿐이다. 적당한 용량으로 담아내야 모양도 예쁘게 유지
되고, 제구실도 하는 것이다. 그 한계를 아는 것이 지혜라고 최
인철 교수는 이야기한다.

창문을 통해서 세상 전체를 볼 수는 없다. 전체는 아니더
도 최상의 전망을 볼 수 있는 창을 찾아내는 게 인생 과제이다.
타인의 문제가 아닌, 내가 그를 바라보는 고정관념의 문제이
다. 내 삶을 핑크 안경, 블루 안경, 레드 안경으로 번갈아 끼는
융통성도 필요하겠다.

《프레임》 독서 모임 영상 일부

세 살 버릇 여든까지 습관 만들기

습관의 사슬은 평소에는 너무 가벼워 느껴지지도 않다가,
너무 무거워 끊기 힘들어졌을 때야 비로소 느껴진다.

워런 버핏

"안녕하세요. 손에 잡히는 경제 이진우입니다."

비몽사몽 세수를 하고, 화장대에 앉아 MBC 팟캐스트를 듣는다. 오지랖 넓고 세상만사 오만가지에 관심을 두는 나일지라도, 유독 사회, 경제, 정치 분야에는 병 걸린 닭처럼 힘을 못 쓴다. 핑계 없는 무덤 없다고, 나에게도 이유는 있다. 뉴스를 듣고 있노라면 '세상 참 살 만하다'는 생각 따위는 절대 할 수 없다. '무서워서 어디 살겠어? 그 나물에 그 밥끼리 싸우고 있구만' 냉소를 날리면서 소중한 내 긍정 에너지가 빠져나가기 때문이라는 구차한 변명도 가능하다.

신입사원 시절에는 오전 7시 30분에 출근해 지점에 배달된

종이신문을 읽었다. 스크랩도 하고 맘에 올리기도 했다. 종이신문 공부는 한 달도 점점 그 시간에 출근하기 힘들었고, 후□ 무를 시작하기에 정신없었다. 신문을 본 드러나는 효과가 있는 것도 아니었다. □ 나가 한 건이라도 계약해야 하는 내 손□ 가 소중했다.

2년이라는 시간이 지나 지금은 아침□ 에 잡히는 경제 팟캐스트를 듣는다. 금□ 름 파악은 숨 쉬는 공기만큼이나 중요□ 라 영향을 미치는 것이기에, 세계의 오□ 필요가 있다.

프로그램 중 청취자가 모르는 내용□ 이진우 기자가 알려준다. 일반인들이 □ 지 알 수 있고, 사회자의 쉬운 설명을 □ 을 수 있다. 이진우 기자는 어려운 내용□ 나 이해할 수 있도록 말하는 강점을 가□

상쾌한 팝송을 들으면서 하루의 시□ 경제 뉴스는 낯설고 불편했다. 한두 번□ 채널로 옮겨, 흥얼거리며 화장하던 날□

용이 있을까.

'습관' 키워드로 포털 창에 책 검색을 해보니 27,770건이나 검색된다. 수많은 책 중 나에게 영감을 주고, 습관에 대해 가이드를 준 책은 지수경 작가의 《아주 작은 습관》, 스티븐 기즈의 《습관의 재발견》이다.

《아주 작은 습관》을 먼저 읽게 되었는데, 그녀는 자신의 갈라진 마음을 메꿔준 책이 《습관의 재발견》이라고 소개했다. 지수경 작가는 책 내용을 하나씩 습관화했다. 삶의 변화를 통해 자신의 책까지 출간하는 작가가 되었다.

한 권의 책을 보고 삶에 적용하여, 변화된 인생을 또다시 누군가와 나누는 선순환이다. 내가 책을 쓰게 된 계기도 이 깨달음에서 왔다고 해도 무방하다. 살아있는 독서로 나와 타인을 이롭게 한다는 것이 가치 있는 일이라는 사실이 중요하다.

어떤 일을 시작할 때 우리는 거창하고 원대한 목표를 세운다. 물론 수많은 자기계발서에서 목표는 최대한 높게 잡으라고 한다. 그래야 그 절반이라도 이룰 수 있다고 목놓아 외친다.

지금부터 이야기할 습관은 그 반대이다. 큰 목표가 나를 실패하게 한다. 쉬워서 하지 않는 게 이상하리만치 아주 작게 시작해야 한다. 《아주 작은 습관》에서 지수경 작가는 이야기한다.

"1g의 행동. 작고 작은 것부터 시작하자. 예상치 못했던 기쁨과 새로운 결과를 바라보며 놀라게 될 것이다."

그녀는 3초 호흡, 5분 메모 습관, 5분 독서 습관, 딱 두 잔 물 마시기 습관을 실천했다. 내가 보기에도 쉽고 간단해서 피식 웃음이 나왔다. '뭐야. 너무 쉽잖아. 이 정도로 삶의 변화가 있겠어?'라고 반문하기 전에 가벼운 마음으로 책을 읽어 보자.

《아주 작은 습관》이 생활 밀착형 습관 책이라면,《습관의 재발견》은 구체적인 이론(전전두엽과 기저핵, 의지력과 동기 실험 등)들도 소개되고 있다. 스티븐 기즈는 아직도 하루 한 개 팔굽혀펴기를 습관적으로 하고 있다고 하니, 역시 작은 습관의 대가라 불릴 만하다.

인간의 뇌는 기본적으로 변화에 거부감을 느끼고 편안한 영역으로 돌아가고 싶어 한다. 스티븐 기즈가 이야기하는 '컴포트 존'이다. 우리가 해야 할 일은 항상 컴포트 존 영역 밖에 있다. 목표를 향해 걸어 나갈 때 "세상 밖은 위험해요. 나는 이 불 속이 좋으니, 내버려 두세요"라고 이야기했다간 굶어 죽고 우울증 걸리기에 십상이다. 높은 진입 장벽을 바라보며 한숨만 쉬지 말고, 한 걸음 내딛어 보는 건 어떨까? '딱 한 걸음' 아주 작은 습관 하나가 삶을 변화시키는 첫 단추다.

팟캐스트 외에도 습관화하고 있는 내용을 소개하고자 한다.

출퇴근, 외근 중 지하철 이용할 때 틈새 독서를 한다. 특히 출근길 2호선에서 앞 사람의 샴푸 냄새 맞추기 놀이를 할 정도만 아니라면 독서를 하는 편이다. 그것도 여의치 않으면 오디오북을 듣는다. 틈새 독서만 제대로 해도 지하철에서 일주일에 2~3권은 읽을 수 있다.

자기 전 행하는 몇 가지 의식들도 있다. 타이머를 맞춰 놓고 뜨개질을 한다. 뜨개질 강사님이 손에는 계속 익혀야 하니, 하루에 한 줄이라고 꼭 뜨라고 해서 모범생처럼 지켜 보려고 한다. 침대에 누워 자기 전 침상 독서를 한다. 자기 전에 보고 잔 내용은 자면서도 뇌가 기억한다고 했다. 침대에 누워 몇 페이지라도 보고 잔다. 출퇴근 때 가지고 다닐 수 없는 무거운 책을 주로 읽는다.

습관 책을 보고 호기롭게 도전했다가 도루묵 된 것들도 있다. 매일 청소하기, 스트레칭 5분 하기, 물 1.5ℓ 마시기, 영어한 문장 외우기 등 말이다. 영어 한 문장 외우기는 일주일 만에 포기했다. 물 1.5ℓ 마시기는 목표를 더 쪼개어 아침에 한 잔, 출근해서 한 잔 이렇게 실천해 보려 한다. 스트레칭 5분 하기는 씻자마자 수건을 활용해서 몸 비틀기로 대체했다. 대청소는 꿈도 안 꾼다. 매일 아침 출근 전에 내 방에 살포시 내려앉은 머리카락과 먼지는 핸디 청소기로 일 분 만에 처리한다.

오히려 많은 습관을 계획하다 보면, 하나도 정착되기 어렵다. 뇌가 거부감을 느끼지 못하게, 해보니 별거 아닌 것으로 시작해야 한다. 일어나자마자 양치하고 물 한 잔 마시기, 화장하며 팟캐스트 듣기, 지하철 틈새 독서, 자기 전 침상 독서 등 지금 하는 행동이라도 꾸준히 해보려 한다. 1g의 습관이 생활이 되어 습관인지도 모를 때쯤 어떤 삶을 살아나가고 있을지 상상해 본다.

청소 공부 중입니다

공부의 원래 의미란 신체의 활동을 통해서 얻어지는 모든 훈련이다.
머리를 쓰는 일이나 청소를 하는 것이나 다 같은 공부인 것이다.

도올 김용옥

　뮤지컬 영화 〈메리 포핀스〉에서 마술사 메리 포핀스는 '슈
퍼칼리프라질리스틱익스피알리도셔스'라는 아주 길고 발음도
어려운 주문을 외운다. 주문과 동시에 방에 화분이 놓이고, 조
그마한 헝겊 주머니에서 커다란 물건들이 쏟아져 나온다.

　이쯤에서 고백해 볼까 한다. 나는 턱이 뾰족하고 코가 커서
어렸을 땐 마녀 같다는 말을 자주 들었다. 아쉽게도 마술 주머
니는 전생에 두고 왔지만, 밤마다 외우는 주문이 있다. 책 먹는
여자의 만트라 중 하나이기도 하다.

　"고결한 길을 따르니 나의 모든 필요가 스스로 채워지도다."

2016년 5월 캐런 킹스턴의 《아무것도 못 버리는 사람》을 읽고 자기 전에 나지막이 되뇌인다.

2016년 봄 생애 최악, 최저, 되돌리고 싶지 않은 시기를 보냈다. 큰방은 먼지 다발이 몰려다니고, 거실은 피라미드처럼 쌓인 옷가지들이 쓰레기처럼 널려 있었다. 집에 들어오면 다시 나가고 싶을 정도로 마이너스의 기운이 가득 찼다. 손쓸 틈도 없고 방법도 몰랐고 용기도 없었다. 주변의 모든 것을 갈아엎고, 버릴 수 있는 것은 다 버리고 싶었다. 이럴 때 더 치열하게 독서를 했다. 내가 할 수 있는 것은 독서밖에 없었다. 살기 위해.

《대한민국 독서혁명》을 읽다가 《청소력》이란 책을 알게 됐다. '내 방이 내 자신이다'라는 문구를 보고 뇌에 전기가 통했다. 쓰레기더미와 뒹굴고 있던 나는 겉으로 고귀한 척했으나, 정신은 썩어가고 있는 응급환자였다. 청소만으로 삶이 바뀐 사람들의 이야기를 내 삶에 적용해 보기로 했다. 밑져야 본전이다.

'볶은 소금'을 뿌리고 청소기로 돌리면 공기가 상쾌하고 마이너스 에너지도 빨아드린다고 한다. 실제로 소금을 볶아 거실에 뿌리고 5분 뒤에 청소기로 빨아드렸다. 몇 번 하다 보니 청소기로 굵은 소금이 흡입도 잘 안 되고 소금을 볶고 식혔다가 뿌리는 것도 번거로웠다. 지금은 한 달에 한 번 화장실 청소할 때 베란다에 내어놓은 소금을 한 움큼 쥐어 화장실에 뿌린다. 반나절 지나 물로 헹궈내면 상쾌함을 느낄 수 있다. TV에서 재수 없는 사람이 집에 왔다 가면 대문에 소금을 뿌리는 장면이 나온다. 소금은 부정의 기운을 제거하는 데 상당한 효과가 있다고 본다.

《청소력》을 통해 지금도 빡빡 닦고 있는 것은 '싱크대 배수구'이다. 마쓰다 미스히로는 집의 오염을 내보내는 곳이 배수구이기 때문에, 원활하게 흘러가도록 배수구부터 오염을 제거하라고 충고한다.

설거지라 해봤자 컵 또는 아침마다 먹는 쉐이크 용기를 물로 쓱 헹구는 수준인데 '배수구가 얼마나 더럽겠어?' 했다가 싱크대 배수구를 보고 몇 번이나 용트림했다. 곰팡이가 점박이처럼 쫙 펴져 있어 놀랄 때가 한두 번이 아니다.

책을 읽고 나선, 오히려 그 상황이 즐겁다. 예전 같았으면 더럽다고 싱크대 뚜껑을 다시 덮었을 테다. 내 상황을 뻥 뚫어주는 게 청소라고 하니 그저 매직 블럭 몇 개 가져다가 구석구석 닦아내면 된다. 배수구는 안 쓰는 칫솔로 몇 번 문지르면 되니까 세상 쉽다.

청소를 좋아하는 사람이 얼마나 될까? 어렸을 때 내 뒤를 졸졸 쫓아다니며 머리카락 좀 치우라던 엄마의 잔소리가 떠오른다. "너는 머리카락이 많이 빠지니까 머리 감고, 테이프로 뜯어라. 왜 네 방 하나 제대로 청소하지 못하냐"는 엄마의 말에 청소가 싫었고 재미없었다. 청소를 마친 후의 개운함을 알아차릴 수 있도록 아이의 눈높이에 맞춰 알려줬더라면 어땠을까?

《아무것도 못 버리는 사람》에는 풍수 회로를 통한 공간 에너지 이야기가 나온다. 외국인에게 들으니 새로웠다. 안방, 화장실, 거실 등 장소별로 가이드를 제시하니, 관심 있으신 분은 꼭 이 책을 읽어보시기 바란다.

여자들은 왜 계절마다 입을 옷이 없다고 옷장 앞에서 망부석이 될까. 물론 나도 여자니까 옷장 서성이는 패턴은 매일 아침, 계절마다 반복하고 있다.

책을 통해 변한 것이 있다면 옷을 사기 전에 한 번 더 생각한다는 것이다. 작년 여름 '언젠가는 입겠지, 살 빼고 입어야지, 유행은 돌고 도는 거라니까 몇 년 뒤에 유행하면 입어야지' 갖가지 달콤한 속삭임으로 떠나보내지 못했던 옷들을 정리해서 아름다운 가게에 상자 네 개를 기증했다. 살뜰하게 기부금 오만 원도 챙겼다. 언젠가는 입을 거라고, 없으면 찾을 거라고 쥐고 있었던 옷들은 과거의 집착이다. 일 년이 지난 현재, 내가 무슨 옷을 보냈는지 기억도 나지 않는다.

캐런 킹스턴 작가가 이야기하길, 사람들은 자신이 가진 옷

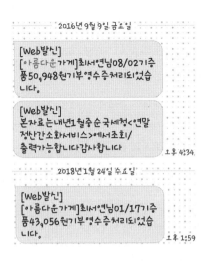

2016년 9월 9일 금요일

[Web발신]
[아름다운가게]최서연님08/02기증
품50,948원기부영수증처리되었습
니다.

[Web발신]
본자료는내년1월중순국세청<연말
정산간소화서비스>에서조회/
출력가능합니다감사합니다
오후 4:34

2018년 1월 24일 수요일

[Web발신]
[아름다운가게]최서연님01/17기증
품43,056원기부영수증처리되었습
니다.
오후 1:59

의 20%만으로 일상생활의 80%를 지낸다고 한다. 일명 파레
토의 법칙이 여기에도 적용된다. 작년에 비교하면 내 옷장은
40~50% 정도 비워졌다. 새로운 옷을 사면 집착 덩어리 옷 하
나를 기부 상자에 넣으려고 노력 중이다. 이번 해에도 아름다
운 가게에 상자 세 개를 기증하고 나니, 집착은 덜어지고 마음
의 여유는 보너스로 얻었다.

청소라는 것이 단순히 바닥에 묻은 얼룩을 지워내고, 먼지
를 쓸어내리는 것만이 아니라는 것을 알았다. 공간, 시간, 인간
관계도 정리가 필요한 것들이다.

지금 내가 실행하고 있는 내용 위주로 정리해 볼까 한다.

공간

- 사무실 업무 종료 후에 책상 위는 아무것도 올려놓지 않는다. 모든 것은 제자리로!

- 명함 수집가는 인제 그만. 미팅이 잦다 보니 명함을 주고받는 일은 흔하다. 명함을 받으면 바로 휴대폰에 전화번호부를 등록한다. 명함에 그날의 느낌, 인상, 누구 소개로 만났는지 메모한 후 사진을 찍어 에버노트에 저장하고 명함은 폐기한다.

- 청소기를 돌리고, 한 달에 한 번 청소기 내부 청소를 한다. 이 많은 먼지는 어디에서 왔을까?

- 설거지는 쌓아두지 않고 바로 한다. 설거지를 하며 "깨끗한 물로 씻게 해주셔서 감사합니다." 감사 인사를 한다. 정말이다! 만년 꼴찌 운동팀에게 매일 제때 바로 설거지를 하라는 미션이 주어졌다. 성실히 미션을 수행했던 꼴찌팀은 얼마 안 있어 우승을 거머쥐었다. 조그마한 것 하나도 미루지 않는 실행력과 습관, 청소의 긍정성이 시너지를 본 것이다.

- 설거지하면서 싱크대 배수구는 꼭 들여다보고, 찌꺼기를 제거한다.

- 블로그를 통해 비움 365를 실천 중이다. 버리고 정리하고 수납하며 집과 사랑에 빠졌다.

시간

- 할 일이 생기면 바로 구글 캘린더에 입력한다. 할 일을 끝낸 후 완료 버튼을 누르면 게임 하나 클리어한 것처럼 개운하다.
- 바인더에 기록한다. 강의 문의, 고객 면담, 교육 이수 날짜 등 큼지막한 일정 등은 바인더 월별 리스트에 적어서 바로 확인하고 약속을 잡는다.
- 타이머를 활용한다. 1분 명상, 5분 운동에 다이소 천 원짜리 타이머가 딱 맞다. 시간 압박이 생기면 집중력이 상승한다.

인간관계

청소기 필터에 걸러 '이 사람과는 만나고 저 사람은 피해야지'라고 구분하지는 않는다. 어려운 문제다. 어른들이 유유상종, 근묵자흑이란 말을 쓰면서 친구를 가려 사귀라고 하면 속물처럼 느껴졌다. 왜 그래야 하는지 이해조차 하지 않으려 했다. 이제는 내 삶이 어른들 말씀처럼 자연스럽게 흘러가고 있음을 느낀다. 만나서 좋은 에너지를 받고, 말이 통하면 자꾸 더 만나고 싶어지는 사람이 있다. 말을 해도 도통 무슨 말인지 못 알아먹겠고, 만나고 나면 기가 쏙 빨린 것처럼 피곤한 사람이 있다. 배울 점이 있는 사람은 자꾸 만나고 싶다. 이러한 선순환이 많아지다 보면, 만나고 싶지 않은 사람과는 의식하지 않더라도 멀어진다.

    청소는 더럽거나 어지러운 것을 쓸고 닦아서 깨끗하게 하는 것이다. 더럽고 어지러운 것은 눈에 보이는 방, 욕실, 책상뿐만 아니라, 내 마음도 포함된다. 실은 내 마음이 정리되면, 청소는 자연스레 즐거운 삶의 일부가 된다.

    "필요한 것은 반드시 주어진다. 고결한 길을 따르니 나의 모든 필요가 스스로 채워진다"는 믿음과 확신으로 집착은 내려놓고 비움을 실천하는 하루를 살아보는 건 어떨까.

행복과 장애의 상관관계

행복은 항상 그대가 손에 잡고 있는 동안에는 작게 보이지만,
놓쳐 보라. 그러면 그것이 얼마나 크고 귀중한가를 알 것이다.

막심 고리키

'신체는 불만족, 인생은 대만족'이라는 문구와 함께 사진
속의 한 남자가 나를 바라보며 흰 이를 드러내고 활짝 웃는다.
건널목을 건너고 있는 그는 휠체어에 앉아 있다. 앉아 있다기
보다는 얹혀 있다. 청색 반소매를 입었지만, 옷 밖으로 팔이 보
이지 않는다. 그뿐인가. 휠체어 밖으로 길쭉하게 나와야 할 다
리도 없다. 도대체 왜 그는 만족스러운 듯 웃고 있는 걸까.

오토다케 히로타다의 《오체불만족》은 2014년 5월 처음 읽
었다. 2017년 8월, 3년 만에 다시 책을 펼쳤다. 버킷리스트 중
하나였던 독서 모임 리더를 맡았다.

〈보화〉라는 독서 모임 이름을 짓고, 신청자를 모집했다. 보

화는 보물과 같은 말로, '썩 드물고 귀한 가치가 있는 보배로운 물건'이란 뜻이다. 실은 보화는 '보험 설계사 화이팅'의 줄임말이다.

고객에게 보장을 전달해야 하는 보험 설계사도 사람이다. 고객에게 보장을 전달하는 과정에서 보람될 때도 많지만, 만족감은 거절과 상처의 결과이다. 일 년 정도 팀 매니저를 도와 리크루팅에 참여했다. 운이 좋았는지 내가 매니저를 도우면서 팀의 볼륨은 커지기 시작했다. 일 년이 지난 지금 입사자의 80%가 사무실에 나오지 않는다. 보험 설계사의 정착률은 낮은 편이다.

나도 몇 번씩 흔들린다. 흔들림이 꺾이지 않도록 외부 장치가 필요하다. 아무리 좋은 책을 읽고 긍정의 힘이 충만할지라도, 혼자 가는 길은 멀고 금방 지친다. 그동안 책을 읽었던 노하우와 독서 모임을 통해 얻었던 교훈을 바탕으로 보험 설계사 독서 모임 운영해 보기로 했다.

우리는 혼자가 아니다. 그곳은 단지 영업 노하우를 나누는 자리가 아니다. 책을 읽고 보험 설계사로 살아가는 양분을 얻는다. 자신의 삶을 어떻게 꾸려나갈지 서로 응원하며 성장하는 모임을 지향한다.

보화는 우리 먼저 보석처럼 빛나고 가치 있는 사람이 되어 선한 영향력으로 각자의 고객에게 사랑을 전달하는 사람들의

모임이다. 의미 있는 보화 모임의 첫 책이 바로 《오체불만족》
이다.

"만일 팔다리가 없다면?"

당신에게 묻는다. 팔다리가 있다가 없다면, 난 미쳐 버리지
않을까. 모든 인간관계를 끊고 대인기피증을 앓으며 방구석에
서 날 이렇게 만든 사람 또는 그 상황을 원망하지 않을까. 세상
에서 가장 재수 없는 여자라며 나를 끊임없이 자책할 것이다.

"만일 팔다리가 있다면?"

어라? 질문이 이상하다. 팔다리는 당연히 있는 게 아닌가.
오토는 말한다.

"무거워서 감당할 수 없어요."

사람들이 팔다리가 없어서 얼마나 불편하냐는 질문에, 처
음부터 팔다리가 없어서 아무렇지 않다고 대답한다.

오토다케 히로타다는 1976년생이다. 책은 1999년에 출간
됐으니 이십대 초반에 쓴 글이다. 꾸미지 않는 문장 덕분에 투
박함과 진솔함을 동시에 느끼며 읽었다. 모든 것을 달관한 사
람처럼 자신을 있는 그대로 바라보았다. 팔다리가 없는 것은
숨겨야 할 불편한 진실이 아니었다. 그는 알아차리기 쉬운 '개
성'이라 불렀고, '특징'이라 여겼다. 이십대 남성의 열정과 미
래에 대해 기대감이 가득한 책이다.

그가 장애를 자신의 일부로 생각할 수 있었던 큰 요인은 부

모와 선생님, 친구들 덕분이다. 장애가 있다고 해서 무조건 감싸고 돌봐주지 않았다. 일반초등학교에 보내기 위해 고군분투했던 오토의 부모님만 봐도 알 수 있다. 오토가 친구들과 여행을 간다고 했을 때는 말리지 않았다. 쿨하게 보내고 자신들은 홍콩 여행을 갔다. 사지 멀쩡한 자녀도 끼고도는 세상인데, 오체불만족인 그에게 부모는 관대했다. 그 속은 어떨지 몰라도 참 대단한 부모라 생각했다.

책 속의 앳된 오토가 궁금해서 유튜브로 찾아봤다. 시구하는 장면이다. 스프링처럼 통통 튕기듯 잔디를 걷는다. 보는 이가 불안하다. 아이가 막 걸음마를 시작하듯 뒤뚱뒤뚱 걷는 모습이다. 엉덩이가 조금 들리면 겨우 몇 센티미터 다리가 그의 몸을 지탱하며 걷는다. 걷는다는 표현보다는 엉덩이를 끌고 간다는 말이 맞을지도 모르겠다. 투수석에 선 오토의 얼굴과 팔 사이에 공이 껴 있다. 팔은 또 어떤가. 시구란 야구공을 손에 쥐고 어깨 힘을 이용하여 힘껏 던지는 것인데, 오토는 동그란 감자 같은 팔을 가지고 시구했다. 야구장의 사람들은 열광했고, 그는 활짝 웃으며 당당하게 야구장을 빠져나갔다.

오토는 야구, 피구, 축구를 즐겼다. 정상적인 친구들과 일반적인 규칙으로는 즐길 수 없다. 오토의 룰을 만들어 친구들과 같이 운동을 했다. 오토와 짝이 되려고 했던 아이, 오토가 자기 반에 있어서 좋다는 아이, 오토가 마라톤 연습을 할 수 있도록 아침마다 같이 걸어준 친구를 보며 이런 동화 같은 이야기가 있나 싶었다.

와세다대학 신입생 시절 영어 웅변대회에서 1등도 했다. 태어나면서부터 대학 시절까지 그의 이야기를 보며 영리하다, 똑똑하다, 본인이 하고 싶은 것은 어떻게든 이루고야 마는 집념의 사나이라고 느꼈다. 말주변도 좋고 유머도 있어 사람들이 항상 그를 따랐다. 외향적이기만 했던 오토의 삶이 점점 변했다. 대학 시절 취업을 준비하면서, 장애인이기 때문에 할 수 있는 일을 찾고자 했다. 오체불만족으로 태어난 이유가 분명 있을 것이라고 자신의 내면을 들여다보기 시작한 것이다.

사지 멀쩡한 나는 어떻게 살 것인가? 어디든 갈 수 있는 튼튼한 다리와 길쭉한 팔, 각 관절이 아주 잘 움직이는 통통한 손가락도 가지고 있는 나 말이다. 오토가 우리에게 전하는 메시지를 아는가? 행복과 장애는 아무런 관계가 없다. 건강한 신체를 가진 사람과 장애를 가진 사람의 행복지수를 팔다리가 붙어 있는 거로 따질 수 있을까? 처음부터 모든 것을 가지고 태어난 나는 가지지 못한 것을 열망하며 부족함을 타령했다. 팔다리가 없는 그는 스스로 행복을 만들어 갔다.

그의 동향이 궁금했다. 분명 어딘가에서 큰일을 하고 있겠지? 기대되었다. '오토다케 히로타다'를 검색해 본다.

와세다대학교 정치학과 학사, 2001년 결혼, 2002년 도쿄 도민 영예상 수상, 2007년 일본 스기나미 제4 초등학교 교사, 2013년 도쿄도 교육위원 등의 화려한 경력이 이어졌다. 사진 속의 그는 앞머리가 휑하긴 했지만, 여전히 활짝 웃고 있는 모습이다.

그 아래 줄줄이 이어지는 불륜 기사를 보며 마음이 아팠다. 그의 처사에 화가 난다기보다는 비방하는 글들에 적잖이 당황했다. 성경에도 이런 구절이 있다. '당신들 가운데 죄 없는 사람이 먼저 돌을 던지라' 아무도 그에게 돌을 던지지 못했다.

기사를 차라리 몰랐으면 좋았겠다 싶었다. 검색을 괜히 했나 후회도 했다. 처음에 내가 쓰려고 했던 주제와 엇나가기 때문에 시식 후기는 빼 버릴까 잠시 고민도 했다.

우리는 사람이다. 사람은 '생각을 하고 언어를 사용하며, 도구를 만들어 쓰고 사회를 이루어 사는 동물'이다. 사회를 이루어 살며 겪고 싶지 않은 일도 부딪히고, 생각이란 놈이 내 통제를 벗어나기도 한다. 다 그렇게 산다.

오토는 희망 전도사로 일본을 대표했다. 이제 네티즌은 그를 깎아내리느라 혈안이 되었다. 네티즌들의 쏟아지는 손가락질이나 오토다케 히로타다의 처신에 대해서는 딱히 말하고 싶진 않다. 단 한 가지 《오체불만족》의 가치에 대해서만은 순수성을 지켜주길 바란다. 이십대 청년의 세상을 향한 첫걸음, 자신이 세상에 태어난 이유를 고민하던 그의 열정, 우리에게 안겨주었던 감동은 그 자체로 가치 있는 것이다.

추억의 그 맛

당신은 누구의 키다리 아저씨입니까?

자만하면 손해를 부르고 겸손하면 도움을 받는다.

《서경》 중

눈과 비가 섞여 질퍽한 땅이 미끄러워지기 딱 좋은 추운 주말이었다. 날이 추워지니 추억이 고팠던 모양이다. 그간 읽어왔던 책들을 뒤로 하고, 학창 시절 읽었던 책이 보고 싶어 도서관으로 향했다. 중고등 학생 시절 소녀 감성으로 봤던 책들이 삼십 대 후반을 달려가는 지금, 내 눈에 어떻게 비칠까 궁금했다. 《테스》, 《제인 에어》, 《폭풍의 언덕》 등 세상 물정 모르고 소설에 푹 빠져 주인공과 혼연일체 되어 웃고 아팠던 그 시절을 떠올리기에는 도서관에 묵힌 낡은 책이 제격이다.

앞으로 내가 볼 몇 권의 책은 고전이라 불리는 것일 수도 있다. 예로부터 전해 내려오는 가치 있고 훌륭한 문학을 고전

문학이라 부른다. 오늘 아침 인쇄소에서 찍혀 나온 신간도 가치 있고 훌륭할 수 있다. 다만 고전은 시간이 흐를수록 사람들에게 회자된다. 손때가 묻을수록, 입때(입소문이 많아짐을 현상으로, 책 먹는 여자가 만든 용어) 쌓일수록 가치는 드러난다.

자기계발서처럼 순번을 매겨 가며 해야 할 것을 알려 주지도 않는다. 무엇을 하라고 강요하지도 않는다. 책 한 권에서 나를 발견하고, 삶을 돌아볼 수 있는 추억의 고전 읽기를 시작해 보려 한다.

첫 번째 집어 든 책은 지인 웹스터의 《키다리 아저씨》다. 중절모를 쓰고 나비넥타이를 매고 있는 한 남성이 표지를 장식하고 있는 해어진 책이 맘에 든다. 인쇄된 지 20년도 넘어 누레진 종이를 타고 과거로 돌아간다. 만화로도 만들어질 만큼 인기가 많았다. 어렸을 땐 나에게도 키다리 아저씨 같은 사람이 생긴다면 얼마나 좋을까 달콤한 꿈을 꿔보기도 했다.

시간이 갈수록 기억은 희미해지고, 책 내용도 거의 생각나지 않았다. 그런데도 《키다리 아저씨》책 제목을 본 순간 아드레날린이 퐁퐁 솟구쳤다. 마음속 어딘가 보관해 놓은 순수성이 발악한 덕분이다.

예전엔 책표지뿐만 아니라, 앞날개의 작가 소개도 보지 않왔다. 궁금해 하는 내용만 보면 되지, 어차피 읽을 글자도 많은데 왜 그런 것까지 봐야 하나 싶었다.

요즘은 책표지를 먼저 보면서 색감, 단어, 삽화를 통해 이미지를 그려본다. 사전 독서는 책을 재미있게 볼 수 있는 방법의 하나다. 이어 앞날개를 펼쳐 작가의 소개를 본다. 출생 연도, 태어난 곳, 무엇을 전공했는지, 어떤 책을 써왔는지 제목을 보면 선 학습이 된다.

우스갯소리지만, 첫 책 출간을 준비하고 있을 때 에피소드가 떠오른다. 책표지까지 다 고르고, 마지막 편집 작업을 할 때였다. 출판사에서 연락이 왔다. 앞날개에 들어갈 작가 소개를 보내달라고 했다. 출판사에서 써주는 줄 알았는데, 작가가 써야 한다고 한다. 이번 생에 작가는 처음이라, 아는 게 아무것도 없었다. 집에 있는 책을 모조리 꺼내어 작가 소개를 보며 어렵사리 써 내려갔던 기억이 있다. 즉, 책을 읽기 전 작가 소개를 본다는 것은 제일 먼저 작가가 쓴 글을 접한다고 봐도 무방하기에 꼼꼼하게 보는 게 좋다.

《키다리 아저씨》의 지인 웹스터 작가 소개는 간단하다. 1876년에 태어나 대학교에 들어간다. 신문 기자 활동과 교내 창작 활동을 열심히 하였고, 1915년 40살의 나이에 결혼했다. 1916년 딸을 낳고 사망했다. 이게 끝이다. 젊은 나이에 세상을 떠난 그녀의 책이라는 사실을 알고 나니, 같은 여자로서 마음이 무겁다. 주인공 주디의 대학 생활이 지인 웹스터의 모습이 아닐까 라는 상상을 하며 책장을 넘긴다.

주인공은 고아원에서 자란 제루샤 애버트라는 여자아이다. 리페트 원장이 이름을 지어줬다. 제루샤는 묘비에서 땄고, 애버트는 전화번호부에서 가장 먼저 나오는 성이라고 한다. 그녀는 자신의 이름 대신 주디라는 애칭으로 불러주길 원한다.

책은 '우울한 수요일', '제루샤 애버트 양의 편지들' 2개의 목차로 나눠진다. 그녀가 쓴 편지만으로 이야기가 구성된다는 점이 독특하다.

십 대 때 읽었다면 주디가 키다리 아저씨에게 받은 크리스마스 선물이라든지, 저비 도련님과의 멋진 데이트가 부러웠을 테다. 하늘에서 이런 남자 떨어지게 해달라고 기도했을 거다. 이제 와 다시 보니, 한 여자가 어떻게 성장하는지 일생을 본다고 해도 과언이 아니다.

성장기를 고아원에서 보낸 그녀는 대학에 가서야 자유를 느꼈고, 책을 보는 즐거움을 알았다. 친구들과 수다를 떠는 것도, 공부하는 것도, 그녀가 좋아하는 모자를 사는 것도 행복 그 자체였다. 그럴수록 그녀는 고아원 생활을 떠올리며 친구들과 같은 좋은 환경에서 자라지 못함에 분노했다.

어느새 상급생이 된 그녀는 고아원에서의 생활이 훌륭한 체험이라고 말하는 어른이 되었다. 덕분에 세상을 볼 수 있는 눈이 생겼다고 말하는 여유로움마저 느낄 수 있다.

그녀의 초반 편지는 통통 튀는 10대의 느낌이라면 후반부로 갈수록 철학적이고 단어의 선택도 훌륭했다. 한 통의 편지를 시간 순서에 따라 읽음으로 사람의 의식이 성장해 나가고 있다는 느낌을 받도록 글을 쓴 작가가 멋지다.

책의 반전은 키다리 아저씨가 자신이 청혼을 거절한 저비 도련님이란 사실이 드러나는 순간이다. 이 소재는 요즘 같아선 막장드라마 소재와 비슷하다. 저비 도련님과 키다리 아저씨 1인 2역을 해낸 그의 연기력과 눈치챌 만한데도 전혀 낌새도 못 차린 그녀의 무딤이 유행하는 드라마와 비슷하다.

책을 보는 내내 물음표가 가슴팍에서 빙빙 돈다.

1. 왜 저비 도련님은 고아원의 소녀 중 그녀를 대학교에 보냈으며, 작가가 되라고 했을까?
2. 편지를 쓰도록 한 이유는 무엇일까?
3. 줄리아를 보러 온 그날, 주디와 둘만의 시간을 보내며 그는 어떤 감정이었을까?

4. 언제부터 저비 도련님은 주디를 사랑하게 된 걸까?

5. 서로의 사랑을 확인했지만, 고아원 출신 그녀와 저비 도련님과의 결혼은 가능했을까?

6. 두 사람이 동일인물이라는 사실에, 그녀는 1%도 화나지 않았던 걸까?

감정의 일렁임을 잠재우고 다시 책을 편다. 어른이 된 내가 책을 통해서 얻을 수 있는 건 무엇일까. 바로 키다리 아저씨의 존재이다. 책에서는 그녀를 물심양면으로 도와주는 남자로 표현된다. 내 삶에서는 어떠한가. 키다리 아저씨를 찾기 위해 고아원에라도 들어가야 하나?

돌이켜보면 지금의 내가 이 자리에 있는 것도 수백 명 이상의 키다리 아저씨 덕분이다. 얼굴도 몰라 은혜를 갚지 못하는 내가, 어찌 보면 더 불쌍한지도 모르겠다. 중요한 시험이 있을 때는 교회 중보기도를 수없이 받았다. 딸들의 학비를 마련하기 위해 엄마가 만들었던 한과를 사주신 분들도 내겐 키다리 아저씨다. 비틀어진 허리로 밤새 재봉틀을 돌려가며 엄마가 만든 수의를 사주신 분들도 마찬가지다. 알지 못하지만 존재하는 무수한 손길 덕분에 나도 여자로, 어른으로 성장했다.

주디는 커다란 기쁨이 아니라 작은 기쁨에서 큰 기쁨을 만들어내는 것이 중요하다고 했다. 나 또한 하늘만 쳐다보며 키다리 아저씨를 내려달라고 할 게 아니라, 스스로 키다리 아저씨가 되어 누군가에게 도움이 되는 일을 해봐야 하지 않을까.

40대에 다시 만날 키다리 아저씨가 기대된다. 한층 숙성되어 고향의 깊은 맛, 엄마 손맛과 같은 포근함으로 어떤 질문을 내게 퍼부을지 기다려진다.

《키다리 아저씨》 독서 감상 비디오

당신, 마지막 잎새를 세어 본 적 있나요?

죽음을 두려워하는 나머지,
삶을 시작조차 못 하는 사람이 있다.

헨리 벤 다이크

나처럼 무지한 여자가 또 있을까. 떨어지는 잎새를 바라보며 죽을 날을 기다리는 여자가 끝까지 매달려 있는 하나의 잎새를 보고 다시 살아갈 힘을 찾는다는 《마지막 잎새》가 열 장도 안 되는 짧은 글이었다는 사실에 어찌할 바를 몰랐다.

《마지막 잎새》는 오 헨리의 단편들로 구성됐다. 그 중 '사랑'이란 키워드가 떠오르는 세 편의 글을 나눠 보고자 한다.

〈마지막 잎새〉

수와 잔시는 공동 화실을 사용하고 있는 가난한 예술인이다. 잔시에게 다가온 폐렴의 불운은 죽을 수도 있다는 의사의 진단을 내리게 한다. 의사는 수에게 말한다.

"당신 친구는 나을 수 없다고 이미 정해 버렸어. 그녀의 기분을 돌리게 할 만한 것이 없을까?"

잔시는 이미 자신이 죽을 거라 단정하고 있었다. 침대에 누워 잔시는 창밖 건물의 담쟁이덩굴을 보며 떨어지는 잎을 세고 있다. 잎이 다 떨어지면 자신도 죽을 거라며, 마치 죽기를 원하는 사람처럼 말한다.

수는 그림을 그리기 위해 아래층에 사는 늙은 화가에게 모델을 부탁한다. 화가 베이먼은 40년이나 그림을 그려 왔지만, 실패투성이다. 술에 절어 있었고, 걸작을 그리겠다 허세를 부렸지만, 현실은 젊은 화가들에게 값싸게 모델이나 해주고 있다.

수와 잔시의 사정을 안 베이먼은 비바람이 몰아치던 밤, 사다리를 타고 올라가 건물 벽돌에 잎새 하나를 그린다. 떨어지지 않은 마지막 잎새를 보며 잔시는 살고 싶어진다. 베이먼은 폐렴으로 이틀 만에 죽는다. 이것이 우리가 아는 마지막 잎새의 줄거리 전부다.

걸작을 그려 보이겠노라 소리쳤던 늙은 화가의 그림 하나로, 한 생명이 살아났다. 화가가 봤을 때도 잎새처럼 보여야 하니, 얼마나 심혈을 기울였겠는가. 그것도 어두운 밤에 비바람까지 합세한 날에 말이다. 쓸모없다고 느꼈던 자신의 삶이 단 한 명에게라도 살아갈 힘을 주고 세상을 떠난다는 게 이처럼 숭고할 수 있을까.

잔시는 어떠한가. 자신의 삶을 포기해버리고 떨어지는 잎새에 생명을 담보하는 모습이 안타깝다 못해 한심스럽다. 잎새가 더는 떨어지지 않으니 음식을 찾고 다시 그림을 그려볼 희망을 품게 된다. 아마도 그녀는 가난한 화가라 세상의 고통보다 죽음을 택하는 게 나았을지도 모르겠다.

앙상한 가지의 잎새는 다 떨어질지언정 내년 봄이면 기어코 새싹을 틔워낸다. 메말랐던 잔시의 마음에 베이먼의 희망이 감싸면서 그녀도 삶에 의지가 싹트기 시작한다. 깊이 들여다보면, 정답은 의사의 말에 있다. 환자가 삶에 대한 의지가 있느냐가 치료에 관건이 되기 때문이다. 잔시가 나폴리 만을 그리고 싶어서 삶의 욕구가 불타올랐다면 가여운 베이먼이 죽지 않아도 되지 않았을까.

〈크리스마스 선물〉
아름다운 갈색 머릿결이 무릎까지 내려오는 델라는 남편 짐을 위해 멋진 크리스마스 선물을 해주고 싶다. 그녀의 수중에는 고작 1달러 87센트가 전부이다. 사랑하는 남편을 위해 그녀는 자신의 머리카락을 20달러에 팔았다. 그 돈으로 짐의 금시계에 어울리는 시곗줄을 샀다. 짐은 자신이 가진 가장 값비싼 금시계를 팔아 델라가 가지고 싶어 했던 빗을 샀다. 짧아진 그녀의 머리카락을 보며, 짐은 말한다.
"크리스마스 선물은 당분간 치워 둡시다. 그것들은 지금 당장 사용하기엔 너무 훌륭한 것들이니."

크리스마스는 아기 예수의 탄생을 기념하는 날이다. 사랑하는 사람에게 선물하는 것도 아마 동방박사가 예수의 탄생을 축하하며 온갖 진귀한 선물을 가지고 온 것에서 시작된 것 같다. 기념일에 선물을 준비하다 보면, 상대방을 생각하며 어떤 물건을 주면 좋아할지 고민하는 동안 내가 더 행복해지는 경험을 한다.

친절한 SNS가 생일을 알려주면, 친구들이 카카오톡 기프티콘으로 커피와 케이크를 보내준다. 감기 몸살로 주사 맞고 있다는 인증사진을 올리면 죽과 비타민 음료 쿠폰이 휴대폰으로 쏙쏙 날아든다. 편리한 만큼 단조로워진 세상이다. 크리스마스 카드를 써본 적이 언제인가. 동네 문구점에 가서 포장지를 고르고, 우체국에 가서 소포를 부쳐본 게 언제인가. 상자를 뜯어 카드를 읽고, 선물을 본 그가 어떤 표정일지 즐거운 상상을 즐길 틈도 없이 선물 잘 받았다며 인증사진이 친절하고 신속하게 쳐들어온다.

스마트 세상은 숨 가쁘게 변화한다. 내 감정이 그 속도를 따라가기엔 버겁다.

나의 가장 소중한 것을 내어, 사랑하는 사람에게 선물을 준비해 본 적이 있을까. 세상사에 찌들어 내 것 지키기에 바쁘다는 변명만 늘어났다. 선물은 형식에 지나지 않아, 안 하면 남들에게 이상하게 보이니까 준비하거나, 그 사람이 준비한다고 하니 어쩔 수 없이 사는 경우도 있다.

국어 사전상 선물은 '남에게 어떤 물건 따위를 선사함. 또는 그 물건'이라고 무미건조하게 적혀 있다. 아기 예수의 탄생을 축하하기 위해 별을 따라왔던 동방박사들처럼, 이번 크리스마스엔 사랑하는 사람에게 정성을 담아 크리스마스 카드를 쓰고 시간을 들여 준비한 의미 있는 선물을 건네보고 싶다.

〈마녀의 빵〉

괴팍스러운 제목이다. 분명 오 헨리가 남자라서 이렇게 지은 거다. 여자가 오해하게 만든 남자의 잘못 아닌가. 마녀라니, 말도 안 된다.

작은 빵 가게를 꾸리고 있는 마흔 살 마더 양은 얼마 전부터 일주일에 두 번씩 빵을 사 가는 남자에게 관심이 생겼다. 손에 묻은 물감으로 보아 화가가 분명했다. 그는 굳은 빵 2개를 5센트에 사 가는 불쌍한 화가일 테다. 남자가 빵집에 오는 날이 많아질수록 마더 양은 굳은 빵만 사 가는 화가가 마음이 쓰인다. 얼마나 돈이 없으면 자신이 만든 갓 구워진 따뜻한 빵 하나 사지 못할까 안쓰럽기만 하다. 그녀는 그의 빵에 몰래 버터를 넣어 준다.

버터가 듬뿍 들어간 빵을 그가 발견했을 모습을 상상하며 행복에 젖어 있을 때 화가가 들이닥치며 소리친다.

"당신은 부질없는 참견꾼이라구! 늙은 살쾡이란 말이야!"

마더 양은 가슴이 내려앉는다. 그녀의 굳은 빵은 남자가 지우개로 사용하기 위한 것이었는데, 버터가 들어간 빵이 그의 설계도를 망쳐놨기 때문이다.

왜 그녀가 마녀인가. 페미니즘이 발동하게 만드는 내용투성이다. 마흔 살 결혼하지 못한 그녀의 통장에 이천 달러의 예금이 있을 정도이니, 연애는 젬병인 게 분명하다. 여자가 사랑을 시작하면, 티가 나는 법이다. 남자는 빵의 용도를 말하지 않아서 여자를 마녀로 둔갑시켜 버렸다.

여자를 마녀로 몰아세운 당신들! 남성들에게 고한다. 여자는 쉽게 한 번에 움직이지 않지만, 일단 마음을 열면 다른 사람이 된다. 그러니 여자들의 마음을 가지고 장난치지 말 것!

전 직장에서 보고서를 쓰다가 상사에게 혼난 적이 있다. 보고서 페이지가 많다고 좋은 게 아니라, 누가 보더라도 일목요연하게 정리되어 한 눈에 볼 수 있도록 간결하게 써보라는 조언을 들었다. 긴 글을 쓰긴 쉽지만, 짧은 글에 사실과 의견을 담아내기란 보통 일이 아니다.

오 헨리의 글은 몇 페이지 넘기면 끝나 버리는 단편 중의 단편이다. 그 안에 등장 인물, 사건, 반전, 감동이 종합선물 세트처럼 펼쳐진다. 글이라고 새로울 게 있는 것도 아니다. 주인공을 나로 대체해서 이야기해도 될 만큼 누구나 삶에서 겪은 일이 소재이다.

새롭지 않고, 평범한 사람이라면 경험할 수 있는 글감이기에 감동이 더해진다. 오 헨리 또한 48세의 젊은 나이에 사망해서 안타까움을 더한다. 짧지만 굴곡 있던 그의 삶을 통해 세상에 나온 단편들은 시간이 갈수록 빛을 발하고 있다.

긴 호흡의 장편소설이 부담스럽거나 책 읽기 시작하는 분이라면, 오 헨리의 단편집으로 시작해 보기를 추천한다.

갈매기 조나단이 묻습니다. 당신은 꿈이 있나요?

꿈은 도망가지 않는다.
도망치는 것은 언제나 자신이다.

콘도 타카미

    한 달에 두 번 정도 중고등학교에서 간호사 직업 특강을 한다. 수업을 시작하기 전 아이들에게 묻는다. 다른 직업 특강(바리스타, 경호원, PD 등)도 있는데, 간호사를 들으러 온 이유가 궁금했다. 어렸을 때부터 간호사가 꿈이었다는 아이, 친구 따라서 그냥 들으러 왔다는 아이, 의사가 꿈인데 의사는 없어서 왔다는 아이, 대답도 다양하다.

    《갈매기의 꿈》은 도대체 언제 읽었던 걸까. 중학생 필독서라 학교에서 읽었던 듯한데 정확치 않다. 조나단의 이름조차 가물거리고, 그저 열심히 날던 갈매기 한 마리가 있었다는 한심한 요약만이 남아있던 어느 날이다.

직업 특강 수업이 끝나기 몇 분 전, 꿈에 대해 아이들과 이야기를 나누다가 "너희들 요즘 무슨 책 읽고 있니?"라고 물어보니 아이들 눈빛이 매섭게 변한다. 하나같이 "저 한심한 아줌마가 무슨 소리야. 우리가 공부할 게 얼마나 많은지 알기나 하고, 책을 읽냐고 물어보는 거야"라는 표정과 함께 눈에서 빨간 레이저가 나온다. "가령 필독서나 선정도서 같은 거는 읽지 않니?" 되물었다. 수업 내내 앞자리에 앉아 눈 맞추며 곧잘 대답도 했던 한 아이가 대답했다.

"아 그런 거라면, 《갈매기의 꿈》 읽었어요."

아. 《갈매기의 꿈》. 그런 책이 있었지. 수업이 끝난 후 아이에게 인터뷰를 요청했다.

"《갈매기의 꿈》을 추천하는 이유가 있어요?"

"네. 노력하면 무엇이든 할 수가 있다는 것을 배웠어요."

"그래서 어떤 노력을 하고 있나요?"

"좋은 성적을 얻기 위해 매일 공부하고 독서를 하고 있어요."

일 분이 안 되는 인터뷰에서 아이는 간결하지만, 정확히 한 문장을 짚어냈다. 수백 권의 자기계발서에서 목놓아 외치는, 일 순위가 바로 노력이다. 아이는 커서 굳이 자기계발서를 읽지 않아도 될 만큼 《갈매기의 꿈》이라는 소설을 통해서 멋진 결론을 끌어냈다. 이것이 고전 읽기의 힘이라고도 할 수 있겠다. 생각이 깊어지고, 텍스트를 통해 줄거리만 뽑아내는 요약

이 아니라 책에서 무엇을 말하는지를 찾아내고 삶에 적용하는 힘이다.

아이가 추천한 《갈매기의 꿈》을 읽어봤다. 궁색한 변명이 아님을 먼저 밝힌다. 소장할 가치가 충분히 있는 책임에도 도서관에서 대여한 이유는 분명하다. 새침데기 같은 빳빳한 새 책에서는 시간의 농후함을 도통 느낄 수가 없다. 마치 편의점에 파는 청국장과 엄마가 끓여주는 맛의 차이랄까. 신간으로 가득 찬 도서관 구석에서 최대한 손때 가득하고 누런 책을 찾아 두 시간을 헤맸다.

원제는 《Jonathan Livingston Seagull》이다. 갈매기의 꿈 아니었어? 확실히 '갈매기 조나단' 보다 《갈매기의 꿈》이 책 제목으로 매력적이다. 원제를 보며 인간사의 자서전과 흡사함을 느꼈다. 조나단이 만년이나 변함없던 갈매기 떼에 어떤 마법을 부렸던가.

고깃배 주위를 어슬렁거리며 썩은 빵이나 물고기를 낚아채는 삶이 전부인 갈매기 떼에게 조나단은 이방인과 같았다. 먹는 것도 잊은 채 날아다닐 궁리만 하는 조나단은 날기를 좋아했다. 먹기 위해 쟁탈전을 벌이고, 권력을 가지는 것보다 더 중요한 무엇인가를 위해 그는 높이 날기를 꿈꾸고 행동했다.

높은 상공을 날기 위해 갈매기의 큰 날개는 적합하지 않았다. 몇 번이나 바다로 추락하고 나서야, 자신의 날개를 접어 독수리처럼 짧게 만들어 비행에 성공했다. 자신처럼 날기를 꿈꾸는 갈매기들을 모아 가르치기도 했다. 완벽함에는 한계가 없고, 생각의 사슬을 끊으면 육체의 사슬도 풀린다고 말할 정도로 조나단은 삶의 본질을 파악하는 경지에 도달했다.

손에 쏙 들어오는 조그맣고 얇은 책 한 권을 이틀 동안 읽으며, 끊임없이 묻는다.

'나는 갈매기 떼인가, 조나단인가. 하다못해 늦게라도 조나단을 추종하는 갈매기 중의 하나인가? 매슬로의 5단계 욕구 중 하위인 본능, 안전의 욕구에 머물러 있지는 않은가. 컴포트존에 안착하며, 이불 밖은 위험하다고 나를 가둬놓고 있지 않은가.'

5단계 자아실현(Self-Realization)의 욕구로 가는 길은 멀고도 어렵다. 일단 자아실현의 뜻을 살펴보자.

━━

자아실현Self-Realization

- 하나의 가능성으로 잠재되어 있던 자아의 본질을 완전히 실현하는 일
- 개인이 가지고 있는 소질과 역량을 스스로 찾아내어 그것을 충분히 발휘하고 계발하여 자기가 목적한 이상을 실현하는 것

━━

본질(本質)은 근본적인 성질이다. 갈매기든 사람이든 그저 먹고 살기 위해, 하루살이처럼 태어나지 않았다. 종교를 가지고 있는 나는 그렇게 믿고 있다.

하늘이 사람을 세상에 내어놓을 때는 각각 하나의 소명, 달란트를 내려 주었다. 그저 태어난 사람은 없다. 대신 그것을 찾아내는 것은 각자의 몫인데, 과정이 힘들고 방법을 몰라 포기하는 것이다. 자아실현, 달란트, 재능은 내 몸 어딘가 사과 씨앗처럼 박혀 있다. 동그랗고 빨갛게 잘 익은 사과를 기어이 세상에 내어놓기 위해서는 햇빛, 바람, 물, 그리고 사랑을 골고루 경험해야 한다.

갈매기 조나단을 보며, 삶 이상의 가치를 찾아내는 것만큼이나 자기 것으로 만들어내기 위해 얼마나 큰 희생과 노력이 필요한지 눈으로 보았다. 내 성숙도는 아직도 본질을 찾으며 방황하고 있는 어린 양 수준이다.

친구들은 하나같이 내가 부럽다고 한다. 자유로운 영혼이고 하고 싶은 거는 다 하고 사는 사람이라며 말이다. 자신은 죽어도 그렇게 못 살 거 같다고 덧붙인다. 이놈의 회사는 로또만 당첨되면 보란 듯이 그놈의 면상에 사표를 집어 던지고 나오겠다는 말만 늘어놓는다.

"너 로또는 샀니?"

"아니. 말이 그렇다는 거지."

나 하고 싶은 거 하며 사는 내 속도 편치는 않다. 그렇지만 '이놈의 회사'라고 인상부터 쓰며 누구 탓할 일도 없다. 덕분에 문제 속에서 해결점을 찾기 위해 스스로 질문을 하는 시간이 많아졌다. 잘 돼도 내 탓, 못 돼도 내 탓이다. 새로운 일에 도전해보고, 관심 있는 분야를 배우며 살아가는 법을 배운다.

갈매기의 날개는 저공비행을 하며, 고깃배 주위를 어슬렁거리며 어부들이 던져주는 썩은 생선을 먹는 데만 쓰였다. 구름 위까지 날아올라 세상을 내려다볼 수 있는 날개가 있는데도 말이다. 나를 찾아가는 과정에 조나단을 만나 감사하다. 살아있는 멘토가 옆에서 위로와 충고를 들려주는 듯했다. 더 높이 날기 위해서 죽을 각오까지 했던 갈매기 한 마리가 잔잔한 내 삶에 큰 파동을 남기고 날아갔다.

당신에게 한 구절을 남겨두며 마무리한다.

"아무것도 배우지 않으면 다음 세상도 이 세상과 똑같은 것이 되어, 극복해야 하는 똑같은 제한과 무거운 부담이 있는 거지."

오늘을 바꾸지 않으면, 당신이 원하는 내일은 오지 않는다.

《갈매기의 꿈》 독서 감상 비디오

세일즈맨의 죽음은 당신에게 어떤 의미인가요?

가정은 삶의 보물상자가 되어야 한다.

르 코르비쥐에

세일즈맨을 포털 창에 입력해 보자. '물품 또는 용역(보험 등)을 고객에게 직접 판매하는 판매원 또는 판매 외교원'이라고 친절히 알려 준다. 영업한다고 하면, 흔히들 말한다.

"남의 지갑 열게 하는 게 쉬운 일이 아니야!"

맞다. 비교해 보고 확인해 볼 루트가 많아진 요즘은 정보가 넘쳐나는 시대이다. 어찌 보면 영업사원보다 고객이 더 많은 정보를 가지고 있는 경우도 있다.

고전 읽기를 시작하며,《세일즈맨의 죽음》을 택한 건 순전히 순진한 의도였다. 영업하는 사람이니까 그저 '세일즈'라는 말에 끌려 책을 폈다가 주인공 '윌리'의 죽음을 지켜 봐야만 하는 난

처한 처지가 돼 버렸다. 동병상련이라고 했던가. 세일즈맨이 본 《세일즈맨의 죽음》은 남자, 남편, 아빠의 모습이 담겨 있었다.

아서 밀러는 이 책으로 1949년 퓰리처상을 받았다. 시대적 배경상 산업화가 진행되며 일어나는 가족사를 잘 반영하고 있다. 희극이라서, 주인공들의 심리를 객관적으로 들여다보고 상황을 유추해내는 두뇌 운동도 즐길 수 있다.

30년 동안 외판원으로 지낸 윌리는 더는 원거리 운전을 하며 영업을 할 기력이 없다. 출장을 간다고 한들 실적을 올리기도 쉬운 일이 아니다. 새장 안에 갇힌 새가 밖으로 빠져나가려 할수록, 새장이 좁아 드는 마법에 걸려 그는 숨 막히는 삶을 살고 있다.

남자 윌리

산업화 이전 집 앞에는 두 아들, 비프와 해피가 함께 뛰어놀 공간이 있었다. 꽃을 심고 즐길 수 있는 햇빛도 충분했다. 지금은 앞뒤로 들어선 건물을 보며 자신의 신세처럼 답답하기만 하다. 자기가 무엇을 좋아하는지 선택할 틈도 없이 외판원이 되었다. 꽤 잘나가던 시절 보스턴 지역을 맡아 영업을 하다가 한 여인과 바람을 피우고 만다. 그녀에게는 스타킹을 선물해 주고, 아내가 스타킹을 깁고 있으면 스타킹을 치우라며 소리치는 남자이다.

남편 윌리

절대 만나고 싶지 않은 남편 스타일이다. 아내 린다가 하는 말은 뭐든지 꼬투리를 잡고 무시한다. 우리네 조선 시대 고지식한 양반처럼 가부장의 전형이다. 같은 여자로서 이해 안 될 만큼 린다는 현모양처이다. 아들 해피마저, 자신의 엄마는 다른 여자들과 전적으로 다르게 창조되었다고 할 정도다. 윌리의 모든 것을 감싸 안아주는 린다는 남편의 죽음을 예상하며, 아버지의 이상한 행동을 이해하지 못하는 아들에게 말한다.

"아버지는 정박할 항구를 찾고 있는 조그마한 배와 같다."

아빠 윌리

극에서 도드라지는 내용은 아빠 윌리와 큰아들 비프의 갈등이다. 표면적으론 비프는 수학을 낙제하며, 대학 진학에 실패한다. 실제적으론 비프가 수학을 낙제한 후, 도움을 청하러 아버지를 찾아간 보스턴에서 문제가 일어난다. 호텔에서 윌리와 내연녀를 본 후부터 방황이 시작된 것이다.

윌리는 큰아들 비프에 대한 자부심에 대단했다. 운동하다가 공을 훔쳐와도 눈감아줬다. 시험을 볼 땐 친구 버너드의 커닝을 해도 괜찮다는 식으로 아들을 키웠다. 자기 아들이 인기가 있다는 사실 하나에 만족했다. 윌리는 자식들을 억세고, 인기 있고, 모든 걸 할 수 있게 키우고 있다고 말하지만,

실상은 반대이다.

비프는 돈 버는 것을 모르고 자라왔다. 자신이 굉장히 잘났다고 생각하기에 남들 밑에서 일할 수 없고 서른 살이 넘어서도 성공할 수도 없었다.

윌리의 지나친 사랑이 비프를 해치고 말았다. 여전히 아빠의 아들 사랑은 계속되나, 갈등의 골은 깊어져 도통 메꿔질 기미가 보이지 않는다. 윌리의 마지막 선택은 죽음이다. 죽음의 선택은 가족에게 사망보험금을 남기는 것으로 끝난다. 마지막 집세를 치러 온전히 자신의 집을 갖게 된 그날 그는 집에 없다.

자연을 좋아하는 윌리는 대도시를 누비며 돈을 벌었다. 그돈으로 냉장고 값을 지급하고, 집세를 내고 가정을 꾸리며 살아왔다. 자신의 모든 것을 바쳐 아들 둘을 키우지만, 둘 다 기대에 미치지 못해 보기만 하면 서로 으르렁댄다.

대단치 않게 여긴 그의 친구 찰리는 큰 사업체를 꾸리고, 오히려 그에게 매번 집세를 빌리는 신세가 된다. 비프보다 못하다고 여긴 찰리의 아들 버너드는 변호사가 되어 그의 앞에 나타났다. 윌리는 찰리와 버너드의 성공에 대한 답을 끝내 찾지 못하고, 어깨를 누르고 있는 삶의 무게를 죽음에 던져 주고 말았다.

책이 출간된 지 70년이 되어 간다. 세상은 급속하게 변해

어제 일은 잊히기에 십상이다. 그중 변함이 없는 건 남자의 일생에서 남편 또는 아빠의 역할일 것이다. 여전히 아빠는 경제적 부담을 껴안고 살아간다. 맞벌이 시대라서 집안일도 공동이다. 〈슈퍼맨이 돌아왔다〉 프로그램 덕분에 주말에 집에만 있는 아빠는 나쁜 사람이 된다.

아직도 한국사회 직장은 남성 구조로 흘러가고 있다. 직장을 다니며 '저 사람이 내 남편이면 회사 그만 다니게 해야지' 생각할 정도로 어처구니없이 상사에게 깨지는 경우도 봤다. 어찌 보면 예전보다 지금의 남자들이 더 짓눌려 사는 게 아닌가 싶을 때도 있다.

주변 남성에 대한 연민은 잠시 접어두고 다시 책으로 돌아오자. 윌리와 비프는 닮았지만 달랐다. 비프는 긴 방황 끝에 삶에 눈을 뜨고, 자신이 하고 싶은 것을 찾았기 때문이다. 윌리도 알고 있었다. 자신의 형, 벤이 알래스카에서 어떻게 성공했는지 말이다.

"신기한 것이 아니야. 형은 하고 싶은 게 무엇인지 알았고, 그것을 쫓아 목적을 달성한 거야."

30년 동안 세일즈맨으로 살았던 윌리의 꿈이 무엇이었는지 극으로 들어가 묻고 싶다. 그토록 자신을 억누르고 힘들게 산 것은 가족 때문이었을까.

책을 보는 내내 떠오르는 한 사람이 있다. 초등학교 4학년 때 돌아가신 아빠가 생각났다. 30년이나 직업을 가졌던 윌리와 달리, 우리 아빠는 직업이 없었다. 비프와 해피는 자라는 동안 아빠와 좋은 추억을 가졌지만, 나의 학창시절 사진 속엔 아빠가 나오지 않는다. '아빠'라고 불러본 기억도 나지 않는 지금에서야 아빠의 자리가 그리운 건 왜일까. 미친 듯 미워도 해봤다. 정신 똑바로 차리고 살면서 번듯한 직장도 좀 다니지. 술은 조금만 먹고 건강하게 살다가 딸들 결혼식 때 손 좀 잡아주지. 다 됐고 지금까지 살아만 있어 주지. 뭐가 급하다고 혼자서 떠났을까. 윌리의 죽음을 통해 아빠를 추억한다.

휴대폰 연락처를 보면 대부분 몇백 개씩 저장되어 있다. 그 사람들 모두 내가 죽을 때 울며 달려와 줄까. 윌리의 쓸쓸한 장례식처럼 맞고 싶지 않다. 글이 마무리되면 멀리 있는 백 명보다 가까이 있는 친구 한두 명에게 안부 인사를 해보려 한다. 피붙이라서 이해해 줄 거라 여기고 연락도 뜸했던 언니들과 엄마에게도 문자를 보내야겠다.

내 삶을 타인에게 인정받으려 하면, 윌리처럼 될 수 있다. 나 자신이 온리원이 되어, 인생을 이끌어나가려는 비프처럼 산다면 극단적인 선택으로부터 자유로워질 수 있지 않을까 싶다.

《세일즈맨의 죽음》 독서 감상 비디오

당신은 인형의 집에 살고 있나요

여자는 여자로 태어나는 게 아니라
여자로 만들어지는 것이다.

시몬 드 보부아르

문방구를 들락거리며 종이 인형 앞에서 서성거렸던 추억이 있다면 당신은 나와 같은 세대이다. 옛일을 공유할 사람이 있으니, 맘 편하게 이야기를 시작해 보려 한다.

A3사이즈 두꺼운 종이에는 주인공 종이 인형, 그녀가 입을 옷, 걸칠 액세서리가 펼쳐져 있다. 종이 인형의 머리카락 한 올이라도 잘려 나갈까 조심히 가위질한 손이 얼얼하다.

혼자 놀 땐 잘록한 허리에 길쭉한 다리가 드러나는 원피스를 입혀 보고, 친구와 놀 땐 쇼핑 놀이, 학교 놀이를 했다. 몇백 원짜리 종이 인형으로도 만족스러웠는데, 어느 날 내 손엔 종이 인형 대신 바비 인형이 들려 있었다. 평면이 아닌 입체를 만났을 때의 느낌은 뭐랄까? 2G폰을 건너뛰고 삐삐에서 스마트폰으로 세대를 이동한 기분이었다.

그녀의 머리를 묶거나 땋을 수도 있다. 무릎을 구부려 의자에 앉혀 놓을 수도 있었다. 손재주 있는 둘째 언니가 청바지로 바비 인형 옷을 만들어주면 친구들에게 자랑하러 뛰쳐 나갔다. 딸 다섯 명 중 막내라서 꼬까옷을 자주 입는 건 아니었지만, 어쨌든 내가 새 옷을 입는 것보다 인형에게 입히는 옷을 더 신경 썼다. 그녀와 내가 한 몸이 되어, 마치 인형이 나를 대변하는 듯 행동했다.

어느 날 잘사는 친구 집에 놀러 갔다가, 2층으로 된 인형의 집을 보고 가슴앓이를 했다. 왜 우리 집에는 인형집이 없는 거지? 누워도 인형집이 떠올랐고, 꿈에서도 나왔다. 인형의 집에서 그녀와 함께 설거지하고, 침대에 누워 도란도란 이야기를 나누고 싶었다.

인형의 집이 있는 친구 집엔 그녀의 방이 있었다. 인형의 집이 없는 우리 집엔 내 방이 없었다. 가져보지 못했던 인형의 집에 대해 아쉬움이 의식 저편에 잠들어 있을 즈음, 도서관에서 헨릭 입센의 《인형의 집》을 만났다.

내 취향껏 옷을 입히고, 친구 집에 갈 때도 데리고 다녔던 나는 노라의 남편 헬메르와 닮았다. 새처럼 노래 부르고, 예쁜 옷으로 치장하고 사람들의 눈길을 받는 것이 행복이라고 느끼는 노라는 내 바비 인형과 닮았다. 겉보기엔 완벽해 보이는 그들의 집엔 폭탄이 막 카운트다운을 시작하고 있었다.

남편 동의 없이는 돈을 빌릴 수 없던 시절, 노라는 남편의 직장 동료 크로그스타트에서 250달러를 빌렸다. 생명이 위중한 아빠의 사인을 위조한 것이다. 요양이 필요한 헬메르에게 노라는 그가 싫어하는 동료에게 돈을 빌렸다는 사실을 말할 수 없었다. 엄지손가락 몇 번의 클릭만으로 모바일에서 대출을 받을 수 있는 시대를 사는 우리에겐 안드로메다적 이야기다.

결혼 전엔 아빠의 소유물, 결혼 후엔 남편의 인형으로 살면서 받기만 하던 그녀에게도 큰 자랑거리가 있었다. 자신이 빌린 돈으로 죽을 뻔한 남편의 건강을 되살려 냈다는 것이다. 결혼생활 8년 만에 남편이 은행장으로 승진하게 되었으니, 그녀는 더 바랄 게 없다.

크로그스타트는 헬메르가 은행장에 오르는 순간, 자신이 해고되리라 직감하고 노라를 찾아간다. 위조된 계약서를 구실로 협박한다. 모든 사실을 알게 된 헬메르는 돈을 빌린 아내에게 화가 났다. 급기야 노라가 아이들을 키우지 못하도록 제지한다. 극심한 고통 속에 노라는 신경이 날카로워져 죽음까지 상상하게 된다.

'그녀는 죽음을 선택할까?'라는 아쉬움이 남을 즈음 노라가 말한다.

"나는 아버지와 당신으로부터 매우 부당한 대우를 받아왔어요.

당신은 나를 사랑한 게 아니라, 그저 즐거움의 대상으로 여겼어요. 나는 한 사람의 인간으로서 나와 내 주위의 모든 것을 이해하기 위해 독립하고 스스로를 교육하겠어요."

노라가 독립선언을 하고 집을 나가며 책은 끝난다. 온실의 화초가 세상 밖으로 나와 바람을 이겨내고 꽃을 피워내는 과정이다. 죽음을 생각했던 그녀가 불현듯 살기로 하고, 인형의 집을 박차고 나온다.

100% 수동적인 삶을 살던 바비 인형의 머릿속에 '자아'라는 놈이 들어갔다. 남들에게 기쁨을 주던 인형은 이제 자신의 삶을 맛보기를 원한다. 받기만 하던 그녀가 '자유'라는 녀석을 찾기 위한 첫 여정은 인형의 집을 나와야지만 가능하다. 달콤함만이 세상에서 느낄 수 있는 맛이 아니다. 쓴맛, 짠맛, 매운맛 좀 봐야 단맛이 더 맛있다. 모든 것이 완벽한 그곳에서의 탈출을 감행해야만 한다. 불완전한 세상으로의 첫걸음을 뗀 노라의 뒷이야기가 궁금하다.

인형의 집은 오늘을 사는 우리에겐 회사이거나, 이불 속, SNS 채팅방일 수도 있다. 개성 없이 틀에 구겨 넣어 나를 맞추고 안전을 택하며 살아가는 삶이다.

며칠 전 고인이 된 로빈 윌리엄스가 생각나서 〈바이센테니얼 맨〉이란 영화를 봤다. 공장에서 찍어 나오는 일반 가사 로봇

과는 달리 앤드류는 인간처럼 호기심이 있고, 배움을 통해 성장하는 로봇이다. 앤드류와 주인은 제조회사로 가서 원인을 물어본다. 담당자는 외부에 알려지면 다른 로봇을 산 구매자에게 반품이 들어올 수 있으니, 돈으로 이 사실을 막으려 한다.

"개성에는 값을 매길 수 없다."

담당자의 어처구니없는 대응에 로봇 주인이 던진 말이다. 영화를 보며 되뇌었다. 값을 매길 수 없는 개성을 가진 나는 하루에도 몇 번씩 내 색깔을 집어던지고 남들과 같아지려 인형의 집으로 비집고 들어간다. 남들과 구분되는 고유의 특성은 감추고, 그들처럼 되지 못해 한숨쉬던 나의 어리석음이 뒤통수를 후려진다.

보기 좋고, 완벽하며 편하고 따뜻한 인형의 집은 궁전 같은 별장이다. 불완전해서 실수투성이지만, 나를 알아가고 만들어갈 수 있는 이곳은 초가집이다. 그렇다고 슬퍼하지 말자. 비 세면 사다리 타고 올라가 수리하면 된다. 연탄 꺼지면 부채질해가며 불을 살리면 된다. 언젠가는 보일러 들어올 날이 있다.

사람이 갑자기 변하는 경우는 흔치 않다. 이대로 살면 죽겠구나 싶을 때가 그때이다. 즉 성장은 어느 정도의 불안과 고통이 수반될 수밖에 없다는 말이다. 위험회피 본능을 가지고 있는 인간은 안전지대에 머무르려는 습성이 있다. 이제 우리는 안다. 한입 베어 물면 과즙 뚝뚝 떨어지는 과일도, 뜯고 씹으며 즐길 수 있는 고깃집도 모두 집 밖에 포진되어 있다.

슬픔은 슬픈 맛, 아픔은 아픈 맛이다. 각자의 맛은 효능을 가지고 태어났다. 슬픔과 아픔, 고통을 그릇에 털어 넣고 내 개성 한 숟가락 넣어 맛깔나게 비벼 보자. 그다지 입에 맞지 않더라도, 한두 숟가락 시식이라도 해 보자. 식도, 위, 대장을 지나며 영양분이 내 몸에 흡수될 때쯤 에너지 1%로 인형의 집을 뛰어나갈 힘이 생길 수도 있으니까.

 《인형의 집》 독서 감상 비디오

시식을 마무리하며, 입을 닦는다

글을 쓰며 나다움을 찾는 여행을 떠났다. 잘하는 것과 좋아하는 것을 두고 여전히 고민 중이다. 좋아하는 것은 돈이 되지 않거나 잘하지 못했다. 잘하는 것을 하다 보면 자꾸 좋아하는 것에 마음을 뺏긴다. 그러다 잘하는 것마저 놓치게 된다. 두 개의 교집합을 찾는 과정이다. 책의 마지막 페이지에 마침표를 찍어도 여행은 계속될 것이다. 그 여정에 책 읽기, 글쓰기와 동행할 수 있어 감사하고 든든하다.

나에게만 등을 보이던 세상이었다. 돌이켜보니 세상 앞에 나서지 않았던 나였다. 돈 없이 자랐다는 이유 하나만으로, 프로이트의 원인론에 따라 발 묶인 코끼리처럼 굴었다. 한 발자국만 앞으로 내디딜 수 있는 용기가 있었다면, 날 묶고 있는 밧줄은 뿌리째 뽑을 수도 있었을 텐데 말이다.

책은 그런 존재였다. 보이지 않은 마법의 밧줄을 끊을 수 있는 용기를 심어줬다. 나만 그렇게 살았던 게 아니라고 위로해줬다. 언제까지 부모 탓, 과거 탓하며 징징거릴 거냐고 혼내기도 했다. 사람에게 받은 상처로 마음이 쓰라릴 땐, 포근히 안아주고 '너라면 할 수 있어'라고 위로도 해줬다. 책만큼 저렴한 비용으로 삶을 변화시킬 수 있는 최고의 도구가 또 있을까?

있어 보이는 척하기 위해 읽기 시작한 책이, 한두 해가 지나면서 살며시 말을 걸기 시작했다.

"날 좀 더 맛있게 먹어 봐. 너한테 필요한 영양분은 나한테 다 있어. 그 영양분으로 넌 웃을 수 있고, 하고 싶은 거 할 수 있는 에너지를 얻을 수 있어. 제발 날 더 맛있게 먹어줘."

'양질 전환의 법칙'이란 용어를 좋아한다. 양적인 팽창이 일어나야 질적인 변화가 시작된다는 말이다. 바로 그 시점에 책이 내게 내민 손을 꽉 움켜쥐었다.

서평을 쓰면서 세상에 나쁜 책은 없다는 것을 깨달았다. 불과 얼마 전의 내 모습은 이랬다. 작가의 의도를 파악하려 하지 않고, 내가 생각한 내용이 아니면 '이거 나도 쓰겠네. 이것도 책이냐' 힐뜯고 무시했다. 부족한 필력이나 어설픈 문맥을 통해서라도 작가가 하고 싶었던 말은 무엇일까 알려 하지 않왔다.

책 하나 낸 작가랍시고 초고를 쓴다는 것, 글쓰기를 위해 딱딱한 의자에 근질거리는 궁둥이를 붙이고 앉아 있는 것이 보통 일이 아님을 알았다. 책 한 권에 담긴 작가의 인생, 그간의 노고를 이제야 이해하고 받아들일 마음가짐이 되었다.

행동하는 독서도 좋고, 책을 읽고 서평 쓰는 것도 좋다. 더 중요한 사실이 있다. 재미있어야 한다. 책 읽는 것이 삶의 기쁨이 되었으면 한다. 소풍 전날 설레어서 자다가 벌떡 일어나 가방을 몇 번이나 열어보던 추억을 우리는 공유하고 있다. 가방을 확인하는 아이처럼 책을 펼치는 설렘이 좋다. 데이트 가는 길, 눈에 보이는 거울마다 매무새를 가다듬으며 그에게 잘 보이려 애쓴다. 책과 만남도 똑같다. 책과 함께 가는 길은 일방통행이 아니다. 내가 얼마만큼 마음을 열 준비가 되어 있는지에 따라 책도 그만큼만 문을 연다.

맛있게 책을 먹고 나만의 언어로 배출하는 서평 쓰기는 오크통에 와인을 숙성시키는 것과 같다. 나는 발로 사정없이 으깨어 오크통에 막 들어온 신입 포도주이다. 포도주는 포도주이되, 아직 상품으로서의 가치는 떨어진다. 당연한 사실이 있다.

천만 원이 넘는 고급 와인도 처음에는 발가락 사이에서 으깨진 하나의 포도 알맹이였다. 일단 오크통에 담겼다면 성공한 게 아니겠는가. 이젠 시간의 힘, 시간의 마법을 기다리면 된다. 그 시간을 여러분과 함께하고자 한다.

《책 먹는 여자》를 통해 책 읽기, 서평 쓰기, 책의 한 구절이라도 내 삶에 적용하기, 무엇보다 행복을 선택하며 주체적으로 살기 위해 어떻게 생각을 하고 무엇을 해야 하는지 즐거운 고민의 시간을 가져 보시기를 간절히 바란다.

당신의 독서하는 삶을 응원하는 책 먹는 여자